NOTES

DESTINÉES A UNE

ÉTUDE SUR LE MÉDIATEUR

NOTES DE TRAVAIL

LAISSÉES PAR

JEAN REYNAUD

POUR UNE

ÉTUDE SUR LE MÉDIATEUR

PARIS
LIBRAIRIES-IMPRIMERIES RÉUNIES
MAY ET MOTTEROZ
2, rue Mignon
1891

NOTES

DESTINÉES A UNE

ÉTUDE SUR LE MÉDIATEUR

Sans le *Médiateur*, la théologie mène la religion aux abîmes : ou au panthéisme ou à l'idolâtrie.

Jean REYNAUD (1).

Jésus-Christ historique est un instrument subjectif de l'esprit humain pour arriver à la connaissance du *Médiateur*. — Ce qui est important, c'est non ce qui a été, mais ce qui est. — Ce qui est, c'est l'idée importante du Médiateur ; ni l'absolu du divin, ni l'absolu de l'humain ; ni Jéhovah, ni Apollon, ni Eutychès, ni Nestorius, ni Krichna, ni Confucius : mais bien l'Homme-Dieu.

Tableau de la beauté du type moral de Jésus dans les Évangiles. Contraste de sa doctrine avec l'antiquité païenne. Ses analogues dans le monde juif : les Esséniens, sans qu'il fût Essénien pourtant. Digne, par tous ses traits, de servir de base au type du Médiateur et de

(1) Sans le *Médiateur*, il n'y a point de commerce entre Dieu et la créature. PASCAL.

l'Homme-Dieu, plus durable que le Médiateur qui repose sur l'idée de la damnation dans Adam : idée fausse dans sa forme.

Jésus-Christ historique a-t-il été un thaumaturge? Aucune preuve. — Prédicateur ordinaire de la Judée. — A côté de cela, Jésus-Christ idéal né et développé dans le terrain de la croyance humaine et non sur le sol poudreux de la réalité. L'Évangile placé à mi-chemin de ces deux types : le type historique déjà agrandi ; le type idéal non encore achevé et engendré. — Ce dernier, créature de l'imagination humaine exaltée et jetant hors d'elle, dans l'infini, où il s'unit à Dieu, le type humain trop abaissé dans l'antiquité. — On peut concevoir, par un récit historique modifiant légèrement l'histoire réelle, la production de Jésus-Christ idéal, indépendamment des phénomènes historiques accomplis en Judée, et la formation en Dieu et dans le ciel du type médiateur.

Jésus-Christ démonstration saisissante que Dieu n'est étranger à aucune des souffrances de l'homme, parce qu'il les a éprouvées dans son alliance intime avec la nature humaine.

La divinité du Christ n'est pas textuellement dans l'Évangile, mais elle y est en germe. Que serait un tel prophète, un prophète supérieur à tous les autres, sinon un prophète lié spécialement avec Dieu? La préparation y est, saint Paul la complète avec l'idée du Logos déjà détaché comme puissance à part de la puissance du Père.

Le christianisme c'est le mouvement de l'âme affective, qui, se détournant avec dégoût du monde réel, se replie sur elle-même et s'élance vers le ciel. « Nous n'avons pas ici-bas un séjour permanent, nous sommes à la recherche du séjour futur. » (*Ép. hébr.*, 13.) Dès lors, ce séjour terrestre et ce qu'il contient n'a que peu d'intérêt, il faut s'en détacher. « Notre véritable droit de cité n'est qu'au ciel. » (*Philipp.* 3, 20.)

Le paganisme fait plus de cas du genre humain que de l'individu qui n'en était qu'un élément. — Le christianisme, au contraire, plus de cas d'un seul individu immortel et infini que du genre humain fini et périssable.

Jésus-Christ c'est la notion idéale et préexistante de l'humanité. Toutes les perfections morales et divines, mais symbolisées en un seul individu, non dans une collection d'individus qui serait le genre humain.

Défaut du modèle de Jésus-Christ historique et non métaphysique en ce qui concerne la famille base de la société, qui elle-même est la condition du perfectionnement des individus. Il ne convient que dans l'absolu, c'est-à-dire à la fin du monde. Dans la vie du monde c'est Adam et Ève; et ils ne doivent point être dépossédés dans la condition du réel.

Jésus-Christ nommé *Théanthrope :* mot utile à conserver pour représenter le type idéal, autrement dit : Homme-Dieu.

Au lieu d'obéir au commandement absolu, comme dans l'ancienne loi, imite simplement le Médiateur que tu aimes : tu soupires après le soulagement de ta conscience; ce soupir même en est le soulagement. Le Médiateur me donne la force qui me manque en se faisant aimer, en me donnant son exemple dans la vie. — C'est bien plus séduisant et plus efficace que l'ancienne loi. La nouvelle la remplace.

Les anciens avaient déjà dit que, si la vertu pouvait se montrer aux yeux des mortels, elle les charmerait et les entraînerait par sa seule présence. — C'est ce qui s'est réalisé par l'imagination du Christ : à la force de contrainte de la loi, s'est substituée la force d'attraction : l'imitation de Jésus-Christ.

Jésus-Christ composé de tous les désirs transcendants de l'âme déjà réalisés : il renferme la résurrection, la rémission des péchés, le bonheur éternel.

Les incarnations des Orientaux sont sans valeur par leur fréquence même. Ce ne sont plus que des phénomènes, non des actes cosmogoniques comme celle de Jésus-Christ. Ce sont des fantômes, des personnalités fugitives. — Dans le christianisme elle est définitive et l'imagination n'en peut plus inventer d'autre.

L'imagination dans la vie du Christ se restreint aux seuls miracles qui touchent le cœur de l'homme. Ils sont le produit de ce cœur dans ses affections les plus vives et non pas désordonnées comme l'inspiration orientale. Les misères de la vie humaine, les aveugles, les pauvres, les affligés, non pas les éblouissements d'une nature fantastique.

Comme Moïse, moins d'extension dans son domaine, plus d'intensité dans sa force.

Jésus a prêché le judaïsme spiritualiste et cosmopolite avec conscience que sa mission serait payée par la mort, puisque les Juifs ne voulaient entendre que d'un Messie miraculeux ou politique (*regnum meum non est de hoc mundo,* ce qui équivalait à l'arrêt de mort), et avec conscience que cette mort scellerait sa doctrine en concluant sa mission (*Jerusalem quæ occidis prophetas*). Ses successeurs y ont vu plus et en ont fait l'argument fondamental en faveur de la divinité de sa personne et de la rédemption du genre humain. — Si l'*Homme-Dieu* appartient au domaine de la spéculation, la croix qui lui sert de piédestal appartient dans sa sainteté à celui de l'histoire et mérite chez le genre humain régénéré une commémoration éternelle; car sans la croix du sublime martyr, non seulement la religion de charité, mais celle du *Médiateur* n'aurait jamais pris essor dans les âmes.

Histoire de la vie de Jésus au point de vue philosophique et religieux. Desseins de Dieu sur la naissance et la destinée de cette âme qui a eu une influence si capitale sur le développement de la religion générale de la terre. — Tableau des lieux : Nazareth, Carmel, Esdulon ; Galilée en général. Capharnaüm, lac, pêcheurs, culture. — Préoccupation de la Judée à raison des circonstances politiques et attente du Messie. Opinion à ce sujet. — Messie fantastique de Daniel, Messie politique des prophètes soutenus par Pharisiens et passion orgueilleuse du peuple. — Messie des Esséniens. — Jésus s'en rapproche, conçoit le Messie d'une manière qui lui est propre, et qui est vraie, puisque l'expérience des siècles l'a montré. Réforme morale à la loi charnelle de Moïse; insistance sur la morale plus que sur le dogme; piété, fraternité, vie de missionnaire. — Habitudes des Juifs autour de Jérusalem. Temple commun. Pèlerinage annuel. — Jésus s'y joint accidentellement, demeurant habituellement en Galilée. — Mouvement de quelques-uns en sa faveur. Condescendance de Pilate. — Colère des patriotes — « Rendez à César... Mon royaume n'est pas de ce monde. » — Raison de son sacrifice. Condition nécessaire du triomphe de sa doctrine. — S'y résout. — Horreur de ce supplice et intérêt de la victime. — Action de Dieu développant ces circonstances. — Accident de la sépulture. — Résurrection. — Théorie de saint Paul. — Divinité.

Comme Élie, comme Élisée, comme Jean, et tant d'autres prophètes de sa race, c'est dans le désert que se forme Jésus. — C'est du désert qu'il surgit. La légende ne parle que de quarante jours : ce serait peu pour tant de pensées couronnées par une résolution si forte.

Jésus, en vivant, n'accomplissait que ce qu'on pouvait déduire, et difficilement, des prophètes, sur les travaux et les gloires du Messie; ce n'est qu'après sa mort que la partie glorieuse a paru, mais contre Jérusalem et les Juifs.

Les Juifs ne croyaient nullement que leur Messie dut être Dieu. — Comment saint Paul l'a-t-il cru? — Le chercher.

Les Juifs ne se sont jamais élevés qu'à l'idée de l'homme puissant pour le Messie, et non point à l'idée des deux natures.

NOTES ÉPARSES RECUEILLIES

SUR LE MÊME SUJET

Quelle vie sainte et poétique, et qu'elle était bien faite pour captiver les imaginations et les cœurs! Mais aussi quel regret de n'en avoir qu'un éclair! Qu'en découvrons-nous dans les Évangiles? La fin, et encore, combien de nuages et de lacunes, et quelle brièveté!

La théologie orthodoxe, dans la fécondité qu'elle se donne, peut trouver cette lumière suffisante, mais il s'en faut que l'histoire puisse sentir de même. Otez l'inspiration miraculeuse, qui, en l'absence de témoignages contemporains et authentiques, est seule en état de vous donner l'autorité qu'il vous faut, vous n'apercevez plus, dans les recueils dont il s'agit, que des récits populaires, rassemblés par des inconnus, à des époques qu'on ne sait pas au juste, mais, sûrement, après avoir couru longtemps de bouche en bouche; et, à moins de prendre pied, comme vous, en dehors de toutes les lois de la science profane, il est bien difficile de se contenter de renseignements si insuffisants sur une existence si capitale. — Ce n'est pas que, dans mon ambition de certitude, je ne veuille voir dans les Évangiles que des poèmes populaires et dans les traits variés qui s'y conservent, que des produits de l'imagination de sectateurs enthousiastes; je sais trop qu'il y a des choses qui ne s'inventent point. — L'amour du merveilleux peut faire surgir des fables, comme l'esprit de système des formules; mais les faits simples et naturels, les inspirations sans précédents, les sentiments supérieurs à la mesure des contemporains, voilà un fond dont l'ampleur primitive peut, selon les accidents de la tradition, se resserrer plus ou moins, mais sur lequel la fantaisie des légendaires est sans prise. — C'est ce fond qui fait la solidité des Évangiles; et, si réduit qu'il soit, il brille toujours à travers les superfétations postérieures, portant en lui-même sa lumière. — Comme le soleil, quand il perce à travers les légères nuées qui s'interposent entre ses rayons et nos regards.

A la rigueur, il n'en faut pas davantage pour constituer, jusqu'à la fin des siècles, l'exemple et la loi morale du genre humain : — Vie d'union continuelle avec Dieu; amour actif du prochain, même ennemi; sacrifice de soi jusqu'à la croix; qu'y aura-t-il jamais de plus grand parmi les hommes?

. . . .

Sans autre règle que le bon sens et la bonne foi, c'est dans les récits évangéliques eux-mêmes que je veux chercher la vérité, et je ne prends pas ailleurs la définition dont je me sers pour juger l'ensemble des événements.

Sur un monument public, contemporain même de la passion, que la tradition n'a eu nul intérêt à altérer, et sur lequel les quatre évangélistes sont d'accord, tous les assistants ont pu lire l'inscription trilingue : en latin, grec et syriaque, qui était affichée sur la croix pour signaler le crime du condamné : en un mot, selon l'expression laconique de saint Marc : le titre de la cause. — C'est là que se montre, au clair, ce que reprochaient à Jésus ses ennemis, bien mieux, ce qu'il pensait de lui-même, puisqu'il était convaincu sur son aveu.

Or, qu'y voyons-nous ? — Est-ce la définition capitale des deux natures en une seule personne ? ce qui eût été assurément, aux yeux des juges, le comble du blasphème et de la folie.— Non, il y avait, tout simplement : « Jésus de Nazareth, roi des Juifs. » — Voilà où, fort de la prépondérance des témoignages, je mets toute la vérité de Jésus. Et le fameux INRI, n'est-il pas le symbole de l'Église comme il était l'intitulé de la croix ?

Jésus est l'image la plus parfaite qui ait paru dans notre monde d'un Médiateur idéal qui n'est qu'en Dieu. Son image peut donc être regardée comme une représentation imparfaite de cette idée divine, car tous les modèles de l'idée médiatrice qui règne dans les autres mondes sont, en définitive, des hommes (qu'importe la forme !) unis à Dieu.

Ainsi l'image subsiste, car tout symbole n'est jamais adéquate à l'idée qu'il représente.

Les caractères de nécessité, d'universalité, de crédibilité qui appartiennent à Dieu, doivent appartenir aussi à ce type ineffable qui n'est en définitive qu'une des faces de Dieu et n'a besoin d'être conçu comme lui que dans les régions de l'esprit, et, par là, débarrassé des voiles dont la mythologie du moyen âge s'était plu à l'envelopper, il se découvre comme le principe général auquel se rapporte tout le mouvement des créatures dans leur essor universel vers Dieu.

Le Médiateur est-il un simple idéal ou bien un être substantiel?

Question bien posée...

Il est substantiel dans sa nature divine;

Idéal dans sa nature humaine.

Le Christ métaphysique, vrai, non incarné, médiateur, non rédempteur, n'existe ni dans le temps, ni dans l'espace, mais en Dieu même de toute éternité.

C'est Dieu en tant que pensant l'idée de l'homme dans sa perfection idéale avant de le créer.

Nécessaire à la religion, car, par lui, Dieu est accessible à l'homme.

Le médiateur, c'est Dieu conçu hors de son absolu, et pensant l'homme.

Ce qu'il importe de reconnaître, c'est l'existence, dans la pensée divine, d'un type parfait de la créature.

Dieu aime les hommes dans le céleste type dont ils se réclament tous ensemble.

Nécessité d'un type unique dans lequel tous les types particuliers sont compris. Avec la théorie bardique des *awen*, pas de lien entre toutes les créatures. Le Médiateur est le lien, c'est le but vers lequel chacun s'élève par sa voie et son type; on n'y atteint jamais, mais il embrasse l'universalité. C'est le foyer vers lequel convergent tous les rayons :  et Dieu ne voit pas seulement le type extrême de perfection de sa créature, mais tous et chacun des stages qu'elle doit traverser en remontant du néant vers lui.

Ainsi il ne s'agit pas d'un Jésus terrestre que l'on imite autant que possible, après quoi l'on se repose : le modèle étant à l'infini, il faut une vie infinie, une activité sans limites pour s'en rapprocher continuellement et mériter des perfections et une béatitude croissantes.

Sans le Médiateur, la théologie mène la religion aux abîmes : ou au panthéisme ou à l'idolâtrie. Le monothéisme ne peut tenir longtemps contre les assauts de la logique. « Sans la médiation il n'y a point de commerce entre Dieu et la créature. »

Le Médiateur, c'est l'infini de l'homme conçu dans la condition où il est digne de l'infini de Dieu et peut s'y joindre.

Jésus-Christ, pensée de Dieu, nous inspire l'idée d'un Dieu différent de l'absolu. — Il est nécessaire comme Jéhovah. Le Médiateur est Dieu vu sous une face où il s'humanise, face réelle, mais mystique.

Le péché originel n'existant vraiment pas, la rédemption ne doit plus exister non plus. Le supplice du Christ était nécessaire pour racheter la coulpe du genre humain pris solidairement. Du moment que cette coulpe n'existe pas, la rédemption manque de nécessité. Chacun, par les peines qu'il endure, rachète ses propres péchés. Il ne reste donc réellement qu'une signification au crucifiement et à la mission du Christ, c'est l'exemple donné par cette âme excellente à toutes les bonnes âmes, de braver les peines de la terre pour instruire les hommes et les mener à Dieu et à la vertu. — C'est là le vrai caractère de la mission du Christ. — Non! il n'y a pas besoin d'un innocent, de sa souffrance, pour toucher la miséricorde de Dieu et satisfaire à sa justice : il aurait délivré le Christ.

Si la nature humaine n'est pas corrompue, mais seulement infime et combattue entre deux tendances, ce n'est pas une rédemption qui est logiquement appelée, mais un exemplaire idéal, un Sauveur. Pourquoi la grandeur de l'instrument dépasserait-elle la grandeur de l'œuvre? — Un Dieu était-il nécessaire pour faire ce qu'a fait Jésus? Non, il ne fallait un Dieu que pour s'offrir en holocauste.

Dieu prend des instruments adéquats à son but. En comparant les récits évangéliques à la grandeur du type du *Médiateur* tel qu'il s'est développé plus tárd, on est frappé de la disproportion; mais il y a là un point de vue providentiel dans la simplicité humanitaire. — Raison profonde : *vox populi*, *vox Dei*. — La religion sortait du peuple, comme la philosophie des penseurs d'élite et des esprits cultivés.

La révélation évangélique faite à un temps donné à un peuple donné, non au genre humain dans sa totalité et sous une forme adéquate à tous les peuples, à tous les âges. — Il ne pouvait en être autrement, puisque, sous cette dernière forme, elle eût été inintelligible, ne répondant à l'entendement de personne.

Il fallait que le spiritualisme passât des écoles dans le peuple, c'est-à-dire de la métaphysique dans le symbole, dans la réalité apparente; c'est ce qui s'est fait par l'*incarnation* du *Médiateur*. Il devient sensible, tangible, on y adhère. — C'est là ce qui explique l'enthousiasme excité par l'identité de Jésus et du *Médiateur*.

Que fallait-il pour que la croyance au Verbe devînt générale? — Qu'il sortît du domaine de la métaphysique pour prendre corps. — *Verbum caro factum est.*

L'histoire est légendaire : l'idée est vraie et essentielle. Importance de retenir l'idée du Médiateur.

Nécessité de la médiation, j'y abonde; mais avec l'idée du moyen âge, elle n'est ni nécessaire, ni de tous les mondes, ni croyable, ni universelle.

Sans le crime d'Adam et celui des Juifs, il n'y avait pas de Médiateur : la mission était nulle ou vaine. — Le Médiateur est plus nécessaire que cela.

Je distingue donc entre l'histoire de Jésus et l'histoire générale de l'idée dont il est un des termes.

Grande histoire! Comment, par l'action de la Providence, le genre humain s'élève à ce haut symbole religieux qui fait aujourd'hui sa grandeur.

C'est sous la forme de Jésus que le Médiateur idéal s'est révélé sur la terre. — C'est grâce à Jésus que les hommes ont été mis sur la voie de l'idée complète du Médiateur, non Dieu, non homme, *Homme-Dieu*.

Histoire de l'idée du Médiateur : Messie des Juifs ; Messie d'Alexandrie.

Idée originale de Jésus. — Sa transformation par saint Paul (1), conformément aux idées d'Alexandrie : c'est le Verbe qui s'est incarné. — On est alors à Vichnou. — On sort du danger par les conciles. Idée de l'*Homme-Dieu;* les deux natures unies. Le moyen âge s'attache surtout au côté humain.

Tentatives successives du genre humain pour s'élever à ce haut symbole religieux qui fait aujourd'hui sa grandeur.

L'idée du moyen âge n'est qu'un terme de la série. Histoire de l'idée. — Histoire des difficultés.

État actuel de la question. Solution conforme au symbole.

1° Ce que Dieu était pour la famille d'Abraham. Tableau du commerce avec Dieu : praticable mais trop humain. La réflexion en détourne, elle conduit au Dieu absolu, un, invariable.

2° Dieu absolu, impossible à soutenir.

Commerce impossible : immuable : terrifie l'homme. — Exemple du Sinaï. — On cherche un Médiateur. On essaye les anges : voie impossible.

3° On arrive au Verbe : — du Médiateur selon les Alexandrins.

On ne peut non plus s'y tenir : l'élément divin y est unique. — Rien d'humain.

(1) Voy. *Étude sur saint Paul.*

4° Du Médiateur basé sur la personne de Jésus. Théorie d'Origène : l'âme humaine parfaitement unie au Verbe.

5° Développement de cette théorie par les conciles qui l'épuisent. — Ils conduisent à la conception du type idéal du Médiateur, mais en s'appuyant sur l'hypothèse de son incarnation en Jésus. — Vie du moyen âge sur cette théorie.

La critique historique et philosophique en détourne: on est ramené au Dieu absolu et l'on dérive au panthéisme.

6° Théorie du Médiateur chrétien, idéalisé comme le Médiateur des Alexandrins, mais avec deux natures.

Vue de Dieu qui en résulte. Nous sauve du panthéisme : — Dieu humain, sensible, Dieu vivant ! — Tous les fidèles prêtres (1).

Il est le premier né, le type de l'homme parfait. En regard de Dieu, le Verbe est l'image des puissances divines. En regard de l'homme, il est particulièrement le type de la nature rationnelle. Il est le type de l'humanité, l'homme idéal. — Il est à la fois le type de la pensée du Créateur et l'organe de la puissance. C'est lui qui accomplit la création voulue par Dieu, qui la gouverne. — Ce n'est pas seulement le Verbe pur de Platon : c'est une puissance active, une âme, le premier des archanges.

(1) Voy. *Terre et Ciel.*

«... Pourvu que la divinité de votre Médiateur vous soit laissée, il vous importe peu que la figure de son incarnation terrestre se trouble et rentre dans les nuages. Le Temple est élevé, dites-vous, et les échafaudages qui ont servi à le construire ne sont plus utiles aujourd'hui et peuvent se débâtir sans dommage. »

Idée première du Verbe dans les développements de la pensée juive : *Livre de la Sagesse* et *Ecclésiaste.*

Elle n'est pas dégagée. — Se dégage chez les Juifs d'Alexandrie par le contact du platonisme.

Dieu incompréhensible, absolument simple, selon sa définition à Moïse : « Je suis celui qui est. »

En lui-même, on l'ignore.

Bon, juste, Providence, ce n'est pas Dieu conçu en lui-même, mais dans ses rapports avec l'homme. Nature inaccessible, ineffable, Jéhovah est retiré dans les profondeurs impénétrables de son essence. Dès lors, comment communiquer avec le monde? Il faut un intermédiaire qui vient de Dieu. — Le *Médiateur* c'est Dieu, conçu dans son absolu et pensant l'homme.

Chez les Juifs, Esséniens fatalistes, ce qui est le même que panthéistes, car, toutes les volontés étant englouties dans celle de Dieu, c'est comme si les personnes l'étaient. — Pharisiens, idolâtres avec leurs anges et leur Jéhovah à figure d'homme. — En Gaule, panthéisme avec Moloch. — Idolâtrie avec les Amschaspands. — Nécessité d'une borne préalable par le mystère du *Médiateur.*

Craindre Dieu est bien facile, car c'est un sentiment naturel en présence du juge tout-puissant.

L'aimer véritablement du fond du cœur, en présence de tant de sévérité, de tant de maux qu'il inflige, bien difficile. — Cependant, c'est là tout. — Moïse l'a bien dit.

Le rapport entre Dieu et le penseur est abstrait; il ne devient cordial qu'entre Dieu et le croyant qui est aussi l'*aimant*, et qui entre en Dieu par la face de Jésus-Christ, sans laquelle il est inabordable aux communications intimes et effusions, étant absolu.

Un Dieu qui ne réveillerait pas en notre cœur des sentiments humains, qui ne nous influencerait pas d'une manière humaine, qui ne serait point homme avec les hommes, ce serait un absolu, identique avec le néant : point de liaison avec lui.

Dites, si vous voulez, que Jésus est celui qui s'est le plus rapproché du type idéal : il est un modèle; il n'est pas le *Médiateur*. L'histoire est légendaire, l'idée est vraie et essentielle.

Ego sum via, veritas et vita.

1° Le Christ mythologique = Catholicisme.

(Le fils de Dieu s'est incarné réellement en Jésus.)

2° Le Christ historique = Protestantisme apostolique.

(Jésus, fils de Joseph, moraliste par sa vie et sa doctrine.)

3° Le Christ métaphysique (néo-christianisme).

Le Christ du catholicisme est faux au point de vue historique, mais vrai à condition de perdre son caractère d'incarnation; et, à cette condition, il est essentiel à la religion dans toutes ses propriétés.

Le Christ du protestantisme est vrai, mais insuffisant pour la religion.

Le Christ métaphysique vrai, non incarné, médiateur, non rédempteur, n'existe ni dans le temps, ni dans l'espace, mais en Dieu même de toute éternité.

C'est Dieu en tant que pensant l'idée de l'homme dans sa perfection idéale avant de le créer.

Nécessaire à la religion, car, par lui, Dieu est accessible à l'homme.

L'idée de Dieu que les Juifs s'étaient premièrement formée ne différait guère du Jupiter des Grecs que par son caractère d'omnipotence et de moralité. Mais, dès que l'on se représente Dieu créant l'homme, on ne peut plus se représenter Dieu si absolu ; il ne créerait pas. Donc, Dieu uni à la nature humaine même en idée.

Il ne s'agit pas seulement de Dieu, d'aimer Dieu, il faut donner les moyens de l'aimer.

Comment aimer l'inaccessible, l'inconnu, l'incompréhensible, l'absolu ?

Comment Dieu pourrait-il nous remettre nos péchés s'il ne voit que nos misères d'une part, son infinité de l'autre? Il ne peut nous pardonner, il nous laisse dans le mal et la souffrance. — Mais s'il nous voit par Jésus-Christ, c'est autre chose; il compatit à nos erreurs en vue de la fin et y aide.

Jésus-Christ, nature humaine dans la perfection de toutes les vertus, facultés, puissance, science, amour parfait.

De l'utilité de *Jésus-Christ* comme principe de la grâce. Avant lui on ne la connaissait pas dans le monde. Cet idéal en est la base ; c'est en vue de l'idéal que Dieu l'accorde.

Il était bien le Messie, puisqu'il a ouvert une période nouvelle, et il ne se trompait pas sur son importance. Roi des Juifs.— On part de lui. — On le développe.

En définitive, qu'on voie en lui le Rédempteur ou simplement l'Instituteur, il n'en est pas moins l'auteur du sermon sur la montagne, et c'est la morale dont ce discours est la source qui a coulé à flots sur le monde, sous le nom de christianisme, et l'a transformé. — Ce n'est pas là un système qui puisse changer : ainsi sa grandeur est impérissable !

Il y a autre chose que la forme, il y a l'esprit. C'est là qu'est la divine puissance de ce monde : le règne de Dieu, c'est le sens de la prophétie. — Il faut révolutionner le monde. — Au règne de la forme substituer le règne de l'esprit. C'est là qu'est la puissance d'Israël : c'est là que sera son règne. Isaïe l'appuie. Il dit : c'est l'extérieur, il faut l'intérieur. — En ramenant toute la loi à la charité, à l'amour, Jésus fonde une morale nouvelle. Ce sont les vertus de l'amour qui prennent le dessus. Douceur, dévouement, paix, égalité, fraternité, plus de force, de prédominance de caractère. Réhabilitation des femmes. Sermon sur la montagne renferme tout le mouvement de Jésus. Si toute la loi est dans l'amour, il faut commencer par les réformes internes.

Sans Médiateur pas de pardon, on entre dans le mal, on y reste : « Le juste souffrant volontairement ne satisfait pas seulement pour lui-même, mais pour le coupable. » Proposition qui amène les justes à s'incarner dans les mondes de coupables pour y servir; mais ils y servent non pas en souffrant, mais en enseignant, au risque de payer cet enseignement par des souffrances, témoin Bouddha ou Jésus.

Je les admets justes dans des existences précédentes, ils sont parmi nous comme le missionnaire chez les sauvages. Il ne va pas chez eux pour les servir en souffrant le martyre, mais en les enseignant, au risque d'être massacré par quelques-uns.

Dieu nous conçoit dans la perfection; puis il nous crée dans l'imperfection, pour que nous commencions à vivre et à mériter.

C'est l'histoire d'Adam appliquée à chacun de nous.

Exagération du mythe de la chute d'Adam pour les besoins de la doctrine du Médiateur.

Autre solution pour le Médiateur et retour, pour Adam, à la vérité naturelle et historique.

Jusqu'à Jésus-Christ, l'homme se voit dans l'imperfection. — A partir de Jésus-Christ : idéal, perfection.

C'est le vrai rôle de Jésus-Christ : pour cela, un *Médiateur*, ce n'est pas pour la morale, elle ne vient que subsidiairement.

Danger des anges par la chute de l'idée de Dieu dans l'antiquité et l'établissement du polythéisme; même danger pour l'Église. Importance de retenir l'idée du *Médiateur*.

Comment se fait-il que, malgré la raison, qui fait valoir tant de motifs, les articles de la religion gardent foi chez les hommes?

Cela tient aux vérités que la raison n'atteint pas et sur lesquelles on a besoin d'informations, fussent-elles symboliques, c'est-à-dire inadéquates.

Il faut voir les vérités ne soutenant pas les attaques de la raison, se maintenant cependant dans le cœur des fidèles.

Faut-il regarder les mythes des religions comme sans valeur, bons à retenir le peuple, ou faut-il chercher dans ces dogmes un sens qui les recommande, au moins par le fond, aux philosophes eux-mêmes?

En un mot, faut-il suivre les voies du dix-huitième siècle ou des voies nouvelles qui utilisent les découvertes de ce siècle en respectant les traditions du moyen âge? Erreur de forme ou imperfection : vérité du fond dans la doctrine chrétienne.

Avantage des mythes qui ne sont pas seulement des énoncés théoriques, mais en même temps des informations pieuses aidant à l'accomplissement du bien qu'ils portent en substance.

Si les idées sont justes, on peut continuer à voir symboliquement, mais il faut que la vue symbolique arrive au juste. C'est ce qui n'a pas lieu pour le Jésus-Christ latin.

Le mystère est parfait dès le principe puisqu'il est conforme à la raison divine, mais ce n'est que peu à peu qu'il devient conforme à la raison humaine.

Peut-on croire à un nouveau fondateur de religion? — Qu'enseignerait-il? Il y a à développer, non point à donner un principe nouveau.

5897. — Librairies-Imprimeries réunies, 2, rue Mignon, Paris.

AME

4

AME

> Le sentiment de ma dignité porte avec lui le sentiment de mon immortalité. Si je ne me sentais immortel, je ne m'estimerais pas.

Que suis-je?

Une substance concevant Dieu commandant à un assemblage de molécules empruntées à la masse de la planète...

Qu'ai-je à faire?

Me perfectionner...

Le moyen?

Amour actif de Dieu et des hommes: famille, amis, patrie, humanité, morale, culte: médiateur.

D'où viens-je?

De l'animalité, règne des instincts aveugles.

Où vais-je?

A l'angélité.

1° Courte histoire de la psychologie en remontant à Socrate. Il prit l'aphorisme écrit au temple de Delphes et le développa.

Étude des forces du principe vital de l'homme.

Remonter à l'analyse d'Aristote et à celle de saint Thomas.

2° Dégager, outre les forces reconnues par la psychologie moderne, la force plastique servant à la création et à l'entretien du tourbillon corporel et les trois vertus théologales : foi, espérance, charité.

3° Du passé de l'âme : de la préexistence.

4° De l'avenir de l'âme : de la justesse de la doctrine chrétienne ; de l'association perpétuelle à un corps, mais prendre l'unité de ce corps, non dans sa substance matérielle, ou dans la forme, mais dans l'unité du principe plastique.

Mérite ou démérite intrinsèque : gravitation naturelle vers le foyer d'incarnation et de destinée proportionnée à son état.

Les conditions psychologiques qui forment le fond de notre nature et nous distinguent ici-bas les uns des autres, subsistent dans le ciel pour y distinguer ses immortels habitants.

La résurrection est le maintien de la forme substantielle de l'homme et non de sa forme extérieure et accidentelle.

L'âme subsiste indépendamment des corps ; mais sans corps, elle n'est en état de se manifester ni à soi, ni aux autres. Dans ce dénûment, Dieu seul la connaît et peut agir sur elle, soit en la développant, soit en la portant à se manifester en tel ou tel point de l'univers.

Notre intelligence faite pour le vrai, comme notre amour pour le bon ; donc chercher le vrai et le bon par excellence, voilà le premier devoir de l'homme.

Dieu a donné à l'âme des facultés à l'aide desquelles elle peut le connaître, et de plus il a imprimé en elle des notions à l'aide desquelles elle peut le reconnaître.

Il y a dans l'homme quatre puissances de certitude :

1° La *raison*, se porte sur les choses abstraites de la pensée. Axiome : deux quantités égales à une troisième sont égales entre elles.

2° La *foi :* nous donne la certitude de l'existence présente des objets extérieurs. Je ne puis démontrer, par la raison, la réalité des corps, mais j'en ai la certitude.

3° L'*espérance :* nous donne certitude de la continuation indéfinie de notre existence ; elle se porte sur la certitude de ce qui est à venir : l'immortalité.

4° La *charité :* nous donne la certitude de l'existence de Dieu. Nous l'aimons après nous en être fait idée, et cet amour ne nous permet pas de douter de la réalité de son existence.

De plus, ces quatre facultés se portant à une multitude d'autres objets, soit en agissant isolément, soit en agissant de concert, la méthode consiste à leur donner toute leur valeur, et à les empêcher d'aller au delà.

Ces quatre vertus doivent toujours marcher d'accord, et, par conséquent, la raison sert de criterium. Donc, on ne peut croire à la réalité de tout ce qu'on aime et espère, ce qui mènerait au mysticisme ; mais il faut que la raison y donne son consentement, ou du moins n'élève pas contre l'objet de la pensée des objections insolubles.

De là, à mon sens, Leibniz a tort d'accepter, sans éclaircissements, ces mystères de la religion, dont il faut précisément chercher à percer le fond, puisqu'ils ne sont que des symboles, et de vouloir éclaircir ceux de la philosophie, qui sont réellement insolubles, tels que l'union de l'âme et du corps, la prescience de Dieu et la liberté de l'homme, etc. Je tire tout cela, *in globo*, de la substance de Dieu et de l'homme. L'union de l'âme et du corps représente l'univers où Dieu règne, est averti, agit; et l'accord de la liberté et de la prescience est la marche des deux libertés, celle du modèle et celle de la copie.

Il en est de la foi comme de la raison, elles sont dans l'usage de la vie et y sont indispensables : l'amitié ne repose-t-elle pas sur la foi? De ce que la foi trompe quelquefois, il n'y a pas à conclure qu'il faille la laisser, pas plus que la raison qui trompe aussi quelquefois, quand on en use mal.

L'âme est créée dans son essence pour se manifester au moyen d'organes sensibles, et connaître aussi par là.

Dieu ne peut créer que du parfait; or il nous crée imparfaits, donc nous marchons à la perfection, donc, vie infinie.

Dieu nous crée toujours : il ne nous conserve que parce qu'il nous travaille.

Dieu, dans sa bonté, crée ses créatures aussi loin de lui que possible, dans l'innocence, afin que les êtres, en coopérant à leur béatitude, imitent la sienne dont il est seul auteur.

Se développer suivant le plan de Dieu, de plus en plus.

Nous sommes sortis d'hier de la période confuse et nous nous acheminons vers les périodes sereines et tranquilles. Nous sommes dans le passage et c'est ce qui cause tout ce qu'il y a de critique dans notre existence présente.

L'histoire de l'âme indépendante des lieux. Deux systèmes : la vie de ce monde, et puis la vie de l'autre, toute différente ; chacune forme son établissement. Ou bien la vie de ce monde, partie intégrante de la vie future, s'y liant essentiellement. Alors le sentiment de l'infini s'y introduit et balaye devant lui toutes les misères terrestres.

Sérénité et grandeur. Les choses de ce monde paraissent, dans cette perspective où elles sont placées, à leur vraie mesure et proportion.

Liberté. — Condition nécessaire de la coopération de l'homme à son propre développement. Premier principe de la grandeur de l'homme.

Liberté. — Condition du mal. Sans liberté, pas de mal possible, mais elle ne le cause pas.

La cause, c'est le mouvement de l'homme.

Il n'est pas créé tel qu'il restera. Il est créé en puissance. Il se peut donc qu'il se donne, en vertu de sa liberté, un mouvement direct ou rétrograde. Le mouvement rétrograde est le mal, et la Providence, au moyen de la peine qui l'en dégoûte, empêche que le mal n'aille à l'infini.

Ainsi l'homme marche vers son origine ou vers sa fin. Vers son origine : c'est l'animalité et les passions aveugles; vers sa fin : c'est l'angélité et l'exercice des vertus intellectuelles et morales.

Pour atteindre le but, les êtres ont :

1° Le désir d'être heureux;

2° Le sentiment de leur liberté;

3° L'intuition des choses divines.

C'est Dieu qui nous inspire le progrès, moyennant consentement de notre part.

Il est la source de tout bien : notre nature est d'y consentir, et notre liberté à consentir ou à refuser.

Les trois faces de l'Idéal : vrai, bien, beau.

Notre âme est comme l'aiguille de la boussole, qui pivote jusqu'à ce qu'elle ait trouvé le pôle : c'est là qu'est son repos. Ainsi notre âme oscille et s'agite jusqu'à ce qu'elle se fixe sur Dieu seul.

(*Notes.*)

Toute âme humaine fait sa première apparition dans la vie au degré de la hiérarchie où l'animal cesse et où l'être libre commence.

L'histoire d'Adam est en substance l'histoire commune de tous les hommes. Par une opération spéciale du Créateur, au point du temps et de l'espace assigné par les lois de l'harmonie de l'ensemble, l'âme reçoit le souffle divin de sa perfectibilité, et du même coup s'éveillent en elle les puissances nécessaires à l'accomplissement de cette destinée : la raison brille, le cœur s'allume, la conscience s'ouvre, l'homme est créé. L'homme est créé, mais ce n'est pas dire qu'il soit développé : à peine dégagée, son intelligence tente ses premiers efforts pour s'élever à ses premières connaissances, son caractère est encore flottant, sa volonté n'a contracté ni avec le bien ni avec le mal, l'innocence règne en lui, mais il n'y a jusque-là en lui ni béatitude ni sainteté. Il faut, pour se fortifier, que l'âme s'éprouve, qu'elle déracine en elle les puissances aveugles de l'instinct, qu'elle suscite à leur place les forces morales; en un mot, qu'elle se travaille elle-même; et les conditions d'existence qui lui sont attribuées, perpétuellement conformes à l'état de son développement, sont toujours le juste effet de l'emploi de sa liberté. De vie en vie, de monde en monde, disparaissant de l'un pour reparaître dans un autre, toujours portée, par les vertus attractives qu'elle a fait éclore en elle, au centre de la société qui lui convient, toujours douée des forces plastiques nécessaires pour se former les organes dont elle a besoin, elle accomplit, avec plus ou moins de rectitude et de félicité, les phases successives de son perfectionnement infini; et, née dans les bas-fonds de l'univers, ballottée dans ses régions moyennes, après une suite d'épreuves plus ou moins longues, elle en gagne les sublimités, ineffable récompense des mérites qu'avec la grâce de Dieu elle a su acquérir.

... En quel temps, me direz-vous, et sous quel soleil êtes-vous né? Eh que m'importe? C'est assez pour moi de pouvoir prendre, d'une manière générale, la mesure du temps depuis lequel j'existe, en voyant avec quel caractère déjà invétéré je suis entré dans cette vie; en considérant avec quelle résolution mes passions et mes défauts, qui, certes, viennent bien de moi et non de Dieu, ont éclaté en moi dès mon enfance; en observant enfin la lassitude profonde, bien disproportionnée aux courts labeurs de notre étape actuelle, avec laquelle, depuis que je réfléchis sur moi-même, j'aspire à mon arrivée dans une phase meilleure. Et quant à mon lieu natal, je sais que je suis né dans ce tourbillon qui m'entoure; qu'ai-je besoin de connaître plus exactement en quel point?... Que mon acte de naissance demeure couvert, tant que Dieu le voudra, d'obscurités de ce genre, ce n'est pas un inconvénient dont je puisse raisonnablement m'affecter. Pour faire mon chemin, je n'ai pas besoin de savoir si exactement d'où je viens. Sais-je seulement quel est mon nom? Hier, on m'en a donné un que je perdrai demain; mais Dieu seul connaît celui que je porte dans mon immortalité. Substance anonyme que le vent promène à travers l'immensité, je me suis fixé tout à l'heure sur cette planète où je cherche à me développer en me rendant utile, et j'aspire à y ouvrir mes ailes pour reprendre mon voyage vers des astres meilleurs : un soupçon de moi-même quant au passé, comme un pressentiment de moi-même quant à l'avenir, voilà tout ce qu'exige, pour le moment, le gouvernement de mon existence, et la première de ces deux lueurs n'apporte pas plus de trouble dans ma conscience que la seconde.

(*Terre et Ciel.*)

..... L'homme est-il bien l'image de Dieu?

Comment Dieu n'aurait-il pas créé à son image ce qu'il lui a plu de créer dans la plénitude de son amour?...

L'homme n'est pas seulement l'image de la Trinité, il est l'image du Créateur, l'image du Dieu souverainement vivant et actif qui communique à l'univers entier son activité et sa vie. L'homme serait-il en effet l'image véritable, s'il n'était l'image à tous égards, et si, pareil à ces vaines peintures qui reproduisent seulement la figure des personnes sans reproduire en même temps les mouvements, il n'était, si je puis ainsi dire, qu'une image dormante? Dès lors, comme le modèle de l'homme est la vie dans l'infini et que la vie est essentiellement le mouvement, ne faut-il pas que, pour rester toujours conforme à son divin modèle, l'homme, dans son immortalité, soit toujours dans le mouvement, afin de demeurer, à l'exemple de Dieu, perpétuellement dans la vie?

Quelle est, direz-vous, cette activité qui, susceptible

de s'accroître et de se perfectionner sans cesse, mérite, par la sublimité de ses caractères, de se conserver en nous jusque dans le ciel? C'est, vous répondrai-je, ce feu sacré, grâce auquel nous sommes maîtres de nous faire les imitateurs de Dieu dans la création et le gouvernement de l'univers, et même, plus encore que ses imitateurs, ses associés. Dieu nous a doués d'un certain degré de puissance qui nous met en état de modifier, comme lui, ce qui existe; d'un certain degré de sagesse, qui nous permet de produire cette modification conformément aux plans généraux de sa providence; enfin, d'un certain degré de bonté, qui nous fait diriger nos actions de la même manière dont il dirige lui-même les siennes, en vue du bien commun de tous les êtres.

. . . .

Ayons le principe de notre activité assez à cœur pour renoncer à notre existence même plutôt que de renoncer à le perdre. Proposons-nous, quelque heureuse que devienne jamais notre vie, partout où nous verrons une créature en souffrance, de nous efforcer de la ramener vers le bien; partout où nous verrons une créature au-dessous de nous, de nous efforcer de la faire monter jusqu'à nous; et partout où nous en verrons une au-dessus, de nous efforcer de monter à notre tour jusqu'à elle.

Appuyés sur la foi, sur l'espérance et sur la charité, élançons-nous avec confiance dans l'immortalité!

Je veux résumer toute cette thèse dans une simple

prière, que je supposerai dans la bouche des justes, au moment où, quittant la vie, ils attendent du souverain dispensateur des destinées une condition nouvelle: «Mon Dieu! s'écrient ces âmes suppliantes, combien la vie que vous venez d'arrêter a été peu fructueuse! Les perfections que nous avons acquises ne sont que le commencement des perfections dont nous sentions capable l'immortelle essence qui est en nous, et nous avons confiance que nous serions devenus meilleurs si vous nous aviez fait vivre davantage. Ce que nous avons accompli pour l'avancement de nos frères et pour l'amélioration de l'état général de la société terrestre, n'est presque rien en comparaison de ce que nous voyons encore à tenter; et les maux que nous laissons derrière nous touchent tellement notre cœur, que la plus douce récompense que nous puissions souhaiter serait d'avoir le bonheur d'être admis par votre providence à en guérir encore. Accordez-nous donc de reprendre, dans le nouvel asile où vous nous transportez, la suite de nos travaux interrompus dans celui-ci; faites que nous ne cessions point d'être ce que nous étions sur la terre, et que notre éloignement de cette demeure ne soit point une peine pour nous. Permettez que la mort que nous venons d'éprouver ne soit qu'un faible accident, incapable de rien changer aux forces, qu'en nous créant il vous a plu de mettre en nous; et laissez-nous croire que les accroissements que nous avons pu donner ici-bas à nos vertus ne resteront pas confondus, dans un commun néant, avec les vains lambeaux de nos organes terrestres. Si nos labeurs ont mérité d'attirer sur nous les bienfaits dont votre toute-puissance dispose, consentez à ce que nous espérions que la position nouvelle qui nous est destinée sera supérieure à celle que nous quittons; que nous y trouverons une éducation plus solide, avec un savoir plus vaste, un foyer de perfectionnement plus accompli et une puissance personnelle plus grande, une vie plus efficace à notre égard comme à l'égard des autres et des béatitudes plus vives et plus partagées. Dussions-nous même, dans cet autre séjour, être exposés à souffrir encore des maux analogues à ceux que causent dans celui-ci l'ingratitude, la méchanceté, l'ignorance, les misères, les infirmités, rendez-nous libres d'y aller prendre part à cette œuvre de perfectionnement pour laquelle la création tout entière s'agite depuis son premier jour, et de gagner, par nos efforts, grâce à ce ferme courage que vous savez entretenir en nous, un degré de perfection plus élevé, une résidence plus digne, et le contentement d'avoir ramené au bien une partie des créatures qui sont en ce moment dans la souffrance et le mal. Soyez-nous favorable, à nous qui voudrions encore grandir, ainsi qu'à tant de nos frères que notre dévouement pourrait encore aider; n'éteignez pas les saints transports qu'excitent en nous la foi, l'espérance et la charité; récompensez-nous, non pas en nous assurant une retraite dans les tranquilles splendeurs de l'empyrée, mais en donnant pleine carrière à l'impérissable activité qui est le plus bel attribut de notre nature, puisqu'elle est le dernier trait de la ressemblance qui nous unit à vous; et au bonheur d'obtenir, daignez ajouter, dans votre grâce, le bonheur plus sublime de mériter encore! »

(*Terre et Ciel.*)

ANIMAL — PALÉONTOLOGIE

ANIMAL — PALÉONTOLOGIE

Distinction des deux récits de la Genèse : On ne peut conclure de la solidité du premier récit à la solidité du second : « *Tenebræ super faciem terræ.* » Non, au contraire, la terre était incandescente. Orage perpétuel. Phénomènes volcaniques et phosphoriques considérables.

Moïse a supposé, dans ses coupures de la création, un ordre de netteté qui n'existe pas. C'est un système conçu à priori. La différence d'un poisson qui respire par les branchies et d'un vertébré qui respire par le poumon, est-elle assez considérable aux yeux de Dieu pour valoir une époque? L'époque n'est pas ainsi assez justifiée au point de vue divin. Les époques s'enchevêtrent, au contraire, les unes dans les autres au point de vue naturel. Les unes sont plus courtes qu'un jour.

S'il n'y a eu qu'une époque pour la création des végétaux, nos végétaux actuels doivent tous se trouver dans les houillères : ils n'y sont pas. Ils doivent se retrouver identiques dans toutes les formations? Non. Ils varient avec l'âge des poissons, l'âge des mammifères, l'âge de l'homme. Donc, il y en a eu de créés. La création végétale s'est poursuivie dans les autres jours sans cette netteté précise supposée par Moïse; ou, au contraire, les végétaux sont nés les uns des autres. Conclusion analogue, par induction, pour les reptiles, les poissons, les mammifères. Dilemme considérable.

Ce septième jour dans lequel nous sommes, est-il différent des époques antérieures? Non. Dieu y travaille au genre humain; et ce qui nous sépare de l'homme primitif est bien autre que ce qui sépare, en zoologie, nos poumons d'une branchie.

D'ailleurs, que de phénomènes nouveaux tous les jours!

Progrès avant Adam dans l'échelle animale, progrès après Adam dans l'échelle humaine.

Donc Adam intermédiaire : sommet de l'échelle animale, base de l'échelle humaine. Le bon sens l'indique; et c'est ce bon sens, dont les subtilités théologiques se sont écartées, qui a inspiré le mythe antique.

Distinction d'Adam et des sauvages.

Esquisse de ma théorie paléontologique. Travail de la nature sur ce couple en particulier. Adam, tige rapide dont les sauvages ne sont que les analogues dégénérés. Les sauvages sont permanents à cet état qui n'était pour Adam que transitoire et vers une autre forme.

Adam répond à l'état d'enfance, mais non sauvage et difforme. Les sauvages sont comparables aux maladies qui font rétrograder l'adulte vers les conditions des âges inférieurs. Les sauvages qui ne sont pas capables de passer à la civilisation, sont condamnés à périr dans un avenir très prochain. Diminution de ceux de l'Amérique et de l'Australie. Ils se soutiendront dans les îles de la Polynésie plus susceptibles de culture.

La nature a effacé la trace qu'elle a suivie pour arriver dans l'ordre des créations depuis le premier terme de la vie animale jusqu'à l'homme. Les animaux ne représentent pas plus ces types successifs inconnus qu'ils ne représentent les types passagers de l'ordre embryonnaire; mais cependant ils suffisent pour nous en donner une idée générale. C'est à peu près ainsi que les peuples actuels, dans leurs degrés de civilisation, nous donnent une image approchée des peuples qui se sont succédé.

Importance d'un genre entre le genre humain et le genre des animaux, pour expliquer la souffrance des animaux et aussi comment le genre humain est provenu de l'animal.

La nature a supprimé à l'homme la vue de ce genre moyen, afin qu'il pût se croire totalement sans relation avec l'animalité, et par conséquent s'élever, par le sentiment de sa dignité. Maintenant, il est assez avancé pour savoir la vérité. Par la même raison, nous ne voyons pas les anges. Nous sommes les premiers de tous, et même nous ne voyons pas de seconds.

Le monde des animaux, sur les frontières duquel nous vivons, est aussi mystérieux que celui des anges, car, si nous le voyons, du moins n'entrons-nous nullement dans ses secrets.

Le grand fait est la plus grande conformation des fossiles à l'origine des choses, Puis la loi ascendante. Voilà ce que révèle la géologie.

Multitude innombrable des animaux. Calcul par les microscopiques de l'Océan comparés au nombre des hommes.

Autre but que le service de l'homme; d'ailleurs non applicable aux races perdues.

Principe de la Genèse insuffisant.

Il n'y a qu'un petit nombre d'animaux qui se rapportent à l'homme. Donc, plan supérieur à l'humanité dans lequel les animaux ont place.

Il faut que la formule s'étende aux animaux : admettre que nous retournons aux corps des animaux, cela répugne. Cependant cela est logique dans les principes d'Origène : de l'homme au singe, il n'y a pas plus de chute que de l'ange au démon. Il y a donc là une grande difficulté, car, ou l'homme redescend à l'animal, ou l'animal reste en dehors de la formule générale, car où est l'origine de ces âmes-là? On évite cette difficulté en partant de l'animal, car alors, l'homme ne redescend jamais à la brute, et la brute, même le zoophyte, rentre dans la formule générale des êtres. Ils représentent l'Être en principe.

Les animaux sont analogues aux états embryonnaires de l'homme. Aucune différence de vie entre les embryons et les anatifes.... La différence n'est que virtuelle et n'a pas le temps de se manifester.

Qui sait si les animaux ne sont pas des âmes qui font leur stage et s'élèvent, après un temps déterminé, jusqu'à l'homme? Ces stages sont ensuite répétés en résumé historique dans la vie embryonnaire de l'adulte.

Il y a une classe d'hommes à laquelle on ne fait pas assez attention : ce sont les hommes dont la vie s'écoule dans une organisation purement animale ; ils ne dépassent pas, les uns l'insecte, les autres le ver, les poissons, le mammifère.

Fausse opinion de la scholastique sur les âmes des animaux : « Ce sont des âmes engendrées par la vertu des éléments terrestres. » C'est se mettre sur la voie du matérialisme.

Producant aquæ reptile anima viventes. (Genèse, prise à la lettre.)

Argument tiré de l'immortalité des animaux.

Le principe de vie subsiste, demeure-t-il inutile? Non. Il recommence donc à animer un animal. Donc ce principe procède à une incarnation toute semblable à celle par laquelle nous l'avons vu débuter dans la vie. Nous avons donc idée de l'incarnation et de la résurrection des principes de vie.

Animaux des planètes. — Sans doute, il s'y trouve, comme ici, des animaux embryonnaires. — Pourquoi? Parce qu'ils sont le début naturel de la vie.

Où monte l'échelle animale? Quelles sont les facultés de l'espèce supérieure? Comment est-elle à l'aise ou en malaise dans les conditions physiques?

Saint Thomas : âme sensitive, non créée par Dieu. Mais, si la sensation subsiste dans tous les mondes, l'âme sensitive aussi, et l'objection tombe.

Nie les âmes sensitives créées par Dieu.

Critique de saint Thomas contre le développement continu de l'âme de l'embryon applicable au développement continu de l'âme de l'animal.

Répondre à cela par la vertu latente dans l'embryon, qui ne se manifeste et n'agit que lorsque les organes sont en disposition, comme dans le sommeil, ou même encore l'évanouissement, où, les organes n'étant pas en mesure, les facultés intellectuelles et sensitives ne se témoignent pas.

Psychologie des animaux.

Mémoire, sensation, etc., toutes choses qui se rapportent nécessairement à un monde inconnu et mystérieux dont la Genèse ne parle pas.

Deux sortes d'animaux : animaux non souffrants, zoophytes dans l'Océan. Les animaux plus élevés souffrent-ils réellement? Croire qu'ils ne souffrent pas, agir comme s'ils souffraient.

Pourquoi les races n'offrent-elles aujourd'hui que des variations sur elles-mêmes et non des développements?

Le développement n'est plus nécessaire.
Il se fait par le sommet de la série : l'homme.

Espèce humaine, suivant la même loi, marche vers une espèce mieux organisée, non par le rang extérieur, mais par les organes internes correspondant à l'intelligence, au sentiment, etc.

Perfectionnement toujours porté sur un seul point, sur le point culminant; pour les autres, inutiles au perfectionnement, il suffit de varier.

La zoologie a mis l'animalité au repos. Elle a supposé les animaux adultes ayant toujours été au point où ils sont. Au contraire, l'esprit de l'anthropologie, c'est la vie en action, et après avoir vu la vie humaine en variation, elle arrive à passer en revue les diverses races d'hommes qui peuplent la terre. Aussi, jusqu'à présent, n'a-t-on pu avoir une classification, puisqu'on ne connaissait bien que l'homme adulte. Il fallait les progrès de l'embryologie. Le moment est juste venu.

Les animaux nous représentent les empreintes demeurées sur le passage de l'hommme et se multipliant d'elles-mêmes, tandis qu'il marche toujours.

Les pas du chef subsistent et nous indiquent confusément par où il a passé.

Question de la destinée terrestre des animaux, pas plus étonnante que celle des embryons.

Valeur du principe de la famille de Noé.

Si Dieu veut un jour substituer à notre race une race meilleure, il fera sortir un couple meilleur du sein de l'humanité, et effacera subitement, par une maladie, ou, peu à peu, par une dégénérescence, les autres hommes, pour laisser le théâtre à ceux-ci. L'homme sera alors une race perdue.

La théorie de l'embryon, indiquée dans la Genèse du deuxième chapitre, où Dieu produit les herbes, non pas sorties et faites du premier coup, comme à la baguette, mais dans leurs principes embryonnaires.

L'homme diffère de l'animal en ce qu'il a conscience réfléchie de lui-même; chez l'animal, la vie est enveloppée; c'est un embryon psychologique.

Les enfants ne naissent pas dans le même état qu'Adam avant le péché. Ils ont passé par cet état, antérieurement, et c'est ce qui fait qu'ils naissent aujourd'hui dans la condition d'homme développé.

Il est essentiel de montrer que les lois du système du monde et de sa formation sont en harmonie avec le système général des lois humaines. Le développement de l'humanité n'est qu'une suite du développement de la vie sur la terre. C'est là l'important de la paléontologie: ce n'est pas affaire de curiosité de l'esprit; c'est affaire de conséquence en religion et en politique.

Les trois instincts de l'animal sont:
La préservation, la nutrition, la reproduction.
Les trois instincts de l'homme dépravé sont:
L'égoïsme, la gourmandise, la luxure.

Les trois forces de l'homme juste sont:
La préservation de l'immortalité;
La nutrition morale et intellectuelle;
La reproduction par les exemples donnés à la famille et à l'humanité.

(*Notes.*)

Le système de nos vices n'est que le système dégénéré de nos instincts. Bienfaisantes chez l'animal destitué des directions de la conscience et de la raison, ces tendances aveugles deviennent chez l'homme des tendances coupables. Il n'y peut céder sans redescendre au niveau de la brute et se dégrader lui-même, car c'est à lui qu'en vertu du développement de son être, il appartient désormais de présider à ses actions, au lieu de les laisser gouverner en esclave, comme auparavant par la nature.

Analysons, en effet, l'animal, et nous y verrons apparaître de toutes pièces l'homme vicieux. Rien n'est plus frappant, dans l'ordre de la nature, que les soins consacrés à la conservation des espèces. L'individu n'y existe en quelque sorte qu'en vue de sa reproduction. Aussi est-il attaché à cette fin par toutes les stimulations de l'instinct le plus déterminé, et, sans que la nature daigne seulement lui donner la moindre idée du service auquel elle l'applique, il y est entraîné par le seul attrait de la jouissance présente. Il s'y exalte, il s'y épuise, il oublie tout, il brave même la mort, et, en définitive, il ne sait ce qu'il fait.

Ramenons l'homme au même métier, changeons-le de même en instrument de la passion et de la volupté, et voilà la luxure, le plus ardent des vices, parce qu'il dérive justement du plus puissant des instincts. Après la conservation de l'individu pour laquelle la nature prend également garantie au moyen des instincts multiples qu'elle institue, le plus urgent est celui qui s'applique à l'entretien du corps et qui s'exerce par le plaisir immédiat attaché à l'introduction de la nourriture. Comme c'est le plus bas des plaisirs qui lui sert d'appât, c'est aussi le plus bas des vices qui en ressort, et peut-être même pourrait-on le regarder chez l'homme comme secondaire, si l'ivrognerie n'était une des formes redoutables de la gourmandise.

En même temps qu'il est ainsi porté à ne point laisser dépérir son corps, l'animal l'est aussi à en économiser les forces, de manière à ménager, entre les réparations et les dépenses, le meilleur équilibre possible. Il vise d'instinct à son repos, et ne s'agite que sous les aiguillons de ses besoins. Mais ce qui, dans les conditions spéciales de sa vitalité, est le résultat du plus sage calcul de la part de la puissance qui le dirige, devient, au contraire, chez l'homme, la plus honteuse faiblesse, quand il est empêché, par cette condescendance, de se livrer aux efforts nécessaires pour assurer la pleine dignité de sa famille et de lui-même, et surtout de vouloir avec énergie, comme le demande tout progrès intellectuel et moral. Le devoir de l'homme est même d'aller ici plus loin encore : non seulement il doit sacrifier courageusement toutes ses forces au but idéal qu'il poursuit, il doit, s'il le faut, y sacrifier même sa vie.

De même que l'animal ne connaît dans le temps que le moment actuel, il ne connaît non plus, dans l'univers, que sa personne. Il n'y a pour lui, en dehors de lui, que des phénomènes, et le monde entier se centralise autour de lui. Sa présomption n'est qu'une suite de l'obscurcissement de son intelligence, qui ne lui laisse voir que lui ; et aussi ne vise-t-il jamais, même dans les apparences du dévouement, qu'à sa jouissance propre. Tout ce qui peut y contribuer lui semble son bien. S'il le possède effectivement, rien ne saurait le porter à s'en dessaisir ; s'il ne fait que l'apercevoir sans être en état de s'en emparer, il le convoite, et, si quelque autre le lui dispute, il s'insurge avec violence. Ainsi il est orgueilleux, il est avare, il est envieux, il est colère, et à juste titre, car la nature, en lui donnant l'existence, ne lui a imposé d'autre loi que d'être égoïste et d'abonder en lui-même.

Et cependant toutes ces particularités de l'animal, si distinctes encore dans la constitution actuelle de l'homme, peuvent tourner, si l'homme le veut, au profit de sa grandeur morale. Il lui suffit de les éclairer du jour nouveau que répand dans son âme le sentiment de sa destinée et d'en faire des mobiles, après les avoir ainsi transfigurées.

Le libertinage s'évanouit, et, à sa place, apparaissent et la conjugalité et les saintes amitiés d'un sexe pour l'autre.

A la brutale intempérance succède le juste entretien de toutes les facultés du corps, si utiles à la paix spirituelle et à la liberté.

La paresse n'est plus que le refus d'un excès d'occupations qui priverait l'intelligence des loisirs nécessaires à la contemplation des objets supérieurs.

L'orgueil devient le ferme respect que doivent inspirer à tout mortel la conscience, non point de ce qu'il est, mais de ce qu'il est appelé à devenir, et la noble ambition de s'élever au-dessus de toutes les majestés de la terre.

L'envie devient l'émulation. L'avarice, le désir d'acquérir des biens, non seulement dans l'ordre matériel, mais, plus encore, dans celui du cœur et de l'esprit, afin d'en tirer, en les répandant autour de soi, la plus grande jouissance dont ils puissent être la source. La colère, l'emportement contre le mal, et la passion de le combattre à outrance. Éclairée par la piété, enflammée par la charité, excitée par les perspectives de l'Immortalité, la nature humaine, même en se reconnaissant encore à demi baignée dans les eaux de l'animalité, n'est donc pas moins en mesure de rompre à jamais avec ces obscurs préliminaires pour prendre résolument son essor, et c'est à quoi consiste effectivement sa tâche dans cette vie mortelle.

Je crois qu'en dehors de vos préjugés d'enfance sur les animaux, vous trouverez difficilement une objection à me faire. Mes idées sur ces êtres mystérieux me paraissent convenir du côté de Dieu, comme du côté de l'homme.

(*Notes.*)

...Y a-t-il danger de diminuer la grandeur de l'homme, parce qu'en écartant les voiles qui nous dérobent les secrets de sa germination primordiale dans le sein de la nature, on tend peut-être à découvrir de nouvelles analogies entre le règne humain et le règne animal ? Si de telles analogies étaient susceptibles de dégrader l'homme, convenez que la dégradation serait consommée depuis longtemps par toutes celles qui frappent si vivement nos regards dans la génération de l'homme, dans le mode de formation de ses organes, dans son organisation même, dans ses sensations, dans sa manière de vivre, dans ses passions, dans sa mort...

Le premier qui a osé dire que les poissons étaient les ancêtres du genre humain, a commis un contresens aussi grossier que celui qui, arguant de ce que l'homme présente, durant son existence fœtale, des conditions anatomiques analogues à celles des êtres inférieurs, voudrait dire que l'homme commence aujourd'hui encore sa vie par être mollusque ou poisson...

Mais, tout en rejetant ces tours exagérés, il est permis de conserver le droit d'induction et ses demi-lueurs. Si l'homme et le mammifère dans le sein maternel, si l'oiseau dans sa coquille, si le poisson et le mollusque dans la liberté des eaux, si l'insecte dans l'air, sont également soumis, avant d'entrer en pleine possession de leur vie, à passer par les lois d'une métamorphose progressive, n'est-on pas autorisé à penser que la formation du premier homme a dû être réglée par des combinaisons du même genre? Si, aujourd'hui même, alors que les générateurs sont créés, il faut tant de préparatifs, tant de gradations et de périodes pour l'établissement du corps humain, ne serait-il pas inconséquent que le même établissement se fût accompli en un clin d'œil alors que rien au monde n'était disposé pour y aider? Si ce grand ouvrage avait jamais pu s'effectuer d'une manière si facile, comment se pourrait-il comprendre que Dieu, tant à l'égard de l'homme qu'à l'égard des animaux, eût abandonné des voies si simples pour en adopter d'aussi complexes que celles dont il se sert maintenant?

Cette embryologie primordiale est une science qui demeurera peut-être toujours pour nous dans la nuit, comme y serait encore celle qui se rapporte à la production du corps humain dans l'ordre actuel, si l'esprit scientifique, écartant avec le scalpel tous les voiles, n'en était venu à mettre en plein jour, et l'embryon dans les diverses phases de son progrès, et les enveloppes mêmes au sein desquelles s'accomplit sa mystérieuse existence. Les phénomènes qui forment la base de cette science transcendante ont en effet cessé d'exister; ils ne se répéteront plus, et il n'y a pas à espérer que nos investigations soient jamais assez fines pour ressaisir les traces légères qu'ils ont pu laisser sur le globe. Mais, fussions-nous condamnés à ne jamais entrevoir cette histoire qu'à travers les nuages, le sentiment de son existence suffit pour transformer de fond en comble toute la Genèse. Les tableaux féeriques s'évanouissent, et, à leur place, l'esprit ne découvre plus que les lentes et tranquilles évolutions qui conviennent si bien à la majesté de la Providence, et en faveur desquelles témoignent toutes les habitudes de l'univers. Au lieu de concevoir les jours de la Genèse comme autant d'actes séparés et indépendants les uns des autres, on les voit apparaître comme les termes successifs d'une œuvre unique, qui est l'enfantement de l'homme. Dès lors, tout s'enchaîne dans ce prodigieux travail, et c'est l'homme qui, avant même de se trouver dans sa plénitude, ordonne en secret tout cet enchaînement. C'est lui qui constitue dans tous les âges le pivot du mouvement, qui, après avoir débuté imperceptiblement, s'élève par degrés et s'étend peu à peu sur toute la surface du globe. Il mérite bien d'être nommé roi de la création dans toute la profondeur de cette belle parole : non seulement il domine par sa prééminence tous les types que nous apercevons autour de lui, mais, durant même sa période embryonnaire, il les entraîne à sa suite et détermine les lois qui régissent leur organisation, en se dirigeant lui-même vers son achèvement.

S'il traverse dans sa marche les phases de l'animalité, c'est comme le triomphateur qui ébranle la foule derrière lui à mesure qu'il s'avance. En lui et dans son auguste lignée a été déposé dès le premier jour le principe sacré de la perfectibilité. Tandis que les générations animales, une fois produites, demeurent immobiles à travers les siècles, les siennes, avant même qu'il en ait conscience, sont déjà dans un progrès incessant les unes à l'égard des autres.

Sans entrer ici dans l'exposé de la science paléontologique telle que je l'entrevois, permettez-moi seulement de conclure que Dieu est infiniment plus admirable dans la continuité d'un tel développement que sous l'artifice de ces créations incohérentes qu'il plaisait à l'imagination de nos pères de lui attribuer. Je vois avec ravissement le torrent de la vie se précipitant à sa voix du sommet des âges, avec un grossissement incessant, et, à chaque temps de sa course, semant magnifiquement les animaux sur son passage comme des témoins de son indéfectible fécondité, jusqu'à l'humanité, dans le sein de laquelle il s'engouffre en y grandissant encore.

Loin de m'effrayer des éclaircissements que nous sommes encore en droit d'attendre des efforts combinés de la philosophie et de l'observation, je les invoque du fond de l'âme, car je pressens que les procédés de la puissance créatrice en recevront un caractère de plus en plus sublime, et, en résumé, commentaire pour commentaire, le mien me paraît tout aussi légitime que le vôtre, car jamais on n'y relèvera rien de contraire ni à la nature des hommes ni à celle de Dieu.

Si le principe du progrès que nous trouvons si profondément écrit dans la paléontologie et dans l'histoire n'est pas en défaut sur ce point capital, le premier homme n'est qu'un enfant. Il couronne la série des développements de l'animalité et ouvre celle des développements humanitaires; au-dessus de l'animal par sa liberté et son intelligence, au-dessous de l'homme fait, par sa simplicité, il forme, si l'on peut ainsi dire, l'intermédiaire.

(*Terre et Ciel.*)

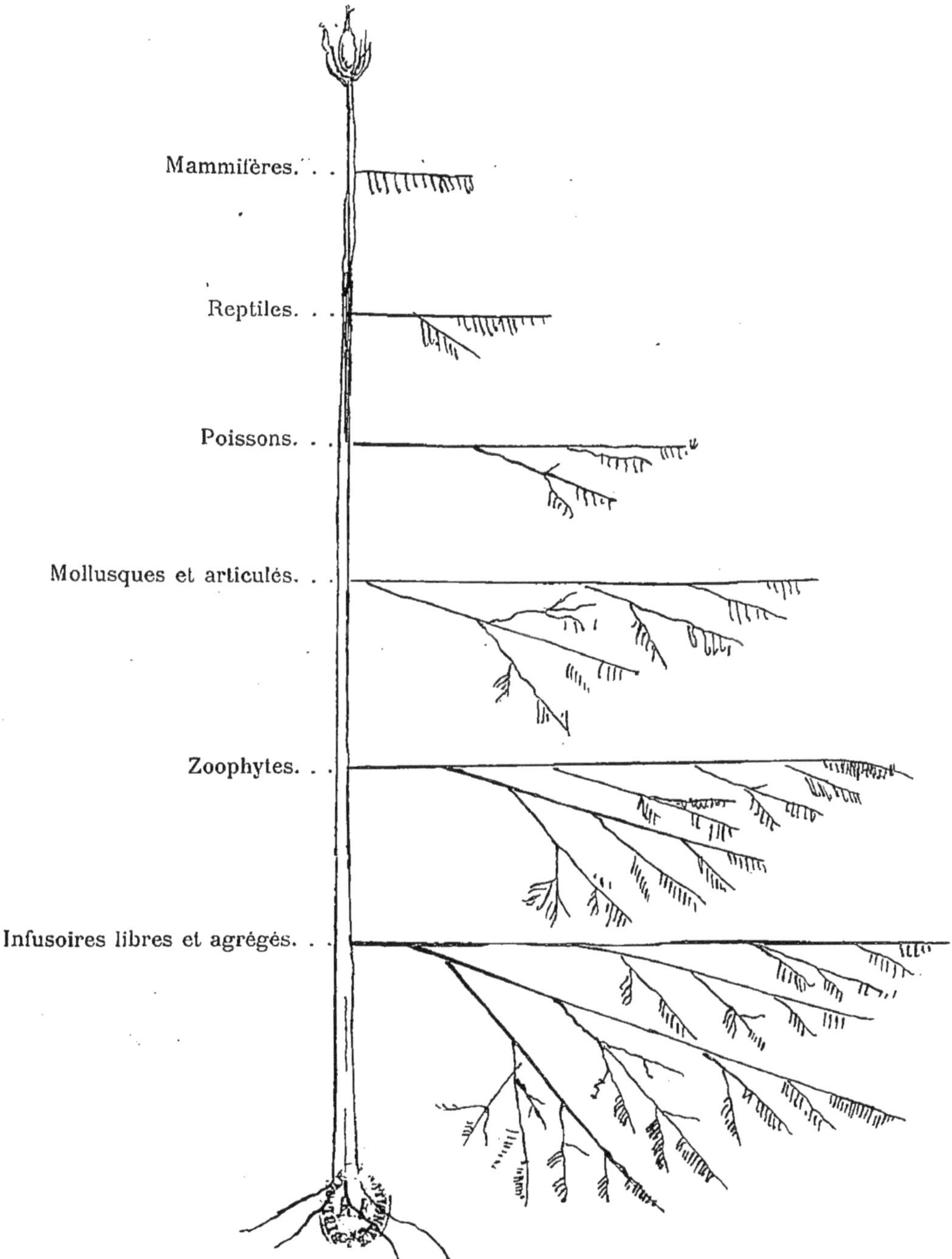

Mammifères. . .
Reptiles. . .
Poissons. . .
Mollusques et articulés. . .
Zoophytes. . .
Infusoires libres et agrégés. . .

PRÉEXISTENCE

PRÉEXISTENCE

Pour ceux qui confessent la spiritualité de l'âme, affirmer que la vie ne date que de la naissance constitue une hypothèse, tout aussi bien que d'affirmer qu'elle date d'un temps antérieur.

(*Terre et Ciel.*)

C'est l'absence de la doctrine de la préexistence qui conduit à la doctrine de la prédestination, ou du moins qui la soutient. On dit : Il y a des méchants qui naissent tels, qui se montrent tout de suite ennemis de Dieu; nous répondons : Ce sont eux-mêmes qui, antérieurement, se sont faits tels. Prenons-les à la vraie naissance, tous sont pareillement innocents, et c'est la conduite subséquente, dont ils sont responsables et non Dieu, qui fait le partage. Encore Dieu ne les damne-t-il pas, et il attend leur heure, dans quelque autre monde, pour les ramener sûrement.

Imaginons un homme né méchant, difforme, sans éducation, même plutôt poussé au crime, ne vivant qu'avec des scélérats : la terre est pour lui un véritable enfer, où il s'est trouvé précipité dès sa naissance. Il est comparable à Satan mettant le pied en enfer pour la première fois : or il est contraire à la foi chrétienne que Dieu ait créé Satan en enfer; on lui donne une vie antérieure par laquelle il a mérité cette condition. Il serait aussi injuste de supposer que cette âme fût créée dans l'enfer terrestre; il lui faut donc, comme à Satan, une vie antérieure et un démérite suffisant.

Vous me reprochez la préexistence, cause de l'inégalité des conditions; condamnez donc aussi votre purgatoire, car on y retrouve de même des inégalités de conditions causées par une différence de la vie antérieure. Je vois sur la terre le même spectacle d'inégalités que dans le monde du purgatoire, et j'explique ces inégalités, non par caprice du sort ou acception de personnes devant Dieu, mais par les mêmes causes qu'au purgatoire.

Je suppose que je revienne de ce purgatoire sur la terre et que je ne l'eusse pas connue auparavant, je suis frappé de la similitude et je transporte la même théorie de préexistence qui me servait au purgatoire pour expliquer ces inégalités.

Le dogme de la préexistence, pour avoir été aussi étranger aux commencements de la religion que celui de l'immortalité, ce dogme n'arrive pas moins à dominer cette belle période si riche en théologie, bien que si pauvre en écritures, du sein de laquelle s'est élancé Jésus. Cette même église des Machabées qui vous enseigne si bien l'immortalité en vous enseignant la prière pour les morts, et sur l'autorité de laquelle toute votre autorité se base, vous enseigne avec le même droit la croyance à la vie antérieure des âmes. Cette croyance y a régné universellement.

(*Notes.*)

« Si les âmes sont nouvelles, dirait aujourd'hui encore saint Augustin, cherchez en quel lieu, de quelle manière, en quel temps, elles ont pu contracter la culpabilité. »

Puisque, jusqu'ici, aucune autorité suffisante ne vous certifie que les âmes soient nouvelles, souffrez que nous posions ensemble, en pleine liberté philosophique, le problème de leur culpabilité. Dût ce problème demeurer au-dessus de nos forces, ce serait beaucoup pour moi de vous avoir forcé de convenir que vous ne savez pas du tout d'où nous venons, et que vous ne sauriez, sans outrepasser vos droits, persister à professer que notre création et incarnation actuelle sont de même date.

(*Terre et Ciel*, p. 169.)

.....Le moyen âge n'a jamais connu la préexistence sous la forme du progrès : il ne l'a connue que sous la forme que lui avait donnée Origène à la suite de Platon, et qui est précisément l'antithèse absolue de la mienne, puisque au lieu de nous faire monter, par la grâce de Dieu, des bas-fonds de l'univers jusqu'ici, elle nous fait choir tout au contraire, sous le poids de sa colère, du haut du ciel dans cette vie... On ne saurait donc dire que cette idée s'est effacée devant les lumières de la scolastique, car vos docteurs ne l'ont pas même soupçonnée.

(*Terre et Ciel.*)

L'Erreur d'Origène sur la préexistence n'a été que la contre-partie de son erreur sur l'immortalité, car le même fanatisme d'immatérialité les caractérise toutes deux.

(*Terre et Ciel.*)

MORT

MORT

La première liberté de l'homme est l'affranchissement de la crainte de la mort. Quelle que soit sa tranquillité apparente, celui qui en est affligé n'est au fond qu'un esclave. Il subit, sans espoir de délivrance, la plus dure des servitudes. Il traîne sa chaîne et vit comme le condamné qui attend l'heure du supplice. Il n'a de ressource que de s'étourdir, c'est-à-dire de faire comme un malheureux qui prend l'ivresse pour remède.

La mort, considérée en elle-même, n'est pas une calamité véritable, mais un bienfait de Dieu, qui, en rompant les habitudes trop étroites que nous avons contractées avec notre vie présente, nous transporte dans de nouvelles conditions et nous donne lieu, par là, de nous élever plus librement à de nouveaux progrès.

Il ne suffit pas de s'écrier avec l'apôtre : « O mort, où est ton aiguillon ? » La mort le garde toujours, cet aiguillon cruel, tant que l'on consent à voir en elle une interruption de la vie. On ne le lui ôte qu'à la condition de sentir qu'incapable d'altérer en rien notre continuité, elle n'est en réalité qu'un voile qui nous barre la route et au delà duquel les habitudes de notre existence présente se poursuivent.

Que l'on nous parle d'aller nous noyer dans les flots éternels du Saint-Esprit, ou nous engloutir dans les abîmes de Bouddha, c'est toujours, au fond, une dissolution de la vie, et rien ne peut empêcher toute âme qui sent en soi la vitalité, de repousser un tel avenir.

Mais, que la religion s'accorde à nous montrer qu'il ne s'agit, dans les phénomènes du trépas, que d'un voyage vers un lieu déjà peuplé d'amis, où nous rejoindront plus tard, pour vivre avec nous mieux encore, les amis laissés en arrière ; alors, mais seulement alors, nous serons en mesure de respirer le bonheur sur la terre et de nous y épanouir dans la sérénité de notre conscience en attendant le ciel ; car nous ne nous verrons plus sous le coup d'aucun mal véritable, et nous comprendrons en même temps que toutes les vertus qu'il nous est donné de développer ici-bas sont destinées, comme nous-mêmes, à une activité sans limites.

(*Esprit de la Gaule.*)

La mort n'est qu'un des accidents de la vie. La vie future, au lieu d'être une vie de contemplation, est une vie d'action. Perfection suprême qui est notre modèle, l'âme est appelée à un développement infini dans son existence sans fin.

Accord de la discontinuité des résidences dans l'univers avec la discontinuité des existences. Il y a là un rapport frappant qui ne peut être fortuit.

L'âme subsiste indépendamment des corps, mais, sans corps, elle n'est en état de se manifester ni à soi ni aux autres. Dans ce dénûment, Dieu seul la connaît et peut agir sur elle, soit en la développant, soit en la portant à se manifester en tel ou tel point de l'univers.

(*Notes.*)

Bien que la soudaine rupture de toutes nos relations terrestres soit certainement en elle-même un vrai mal, il faut reconnaître que c'est un mal tellement dépendant de l'idée que nous y attachons, que nous sommes maîtres, suivant la forme dont notre imagination le revêt, ou de l'amplifier à l'infini ou de l'amener à s'évanouir presque entièrement. Pour les uns, la mort est un retour au néant contre lequel, si altière que puisse être l'attitude de l'âme, la nature elle-même proteste en suppliante; pour d'autres, c'est un abîme sur lequel la pensée ne peut non plus s'arrêter sans effroi, qu'elle se le représente rempli de flammes menaçantes ou d'incompréhensibles lumières dans lesquelles la personnalité doit également se noyer.

Aussi se montre-t-il à peine un homme si affligé qu'il n'estime son infortune encore plus acceptable que le trépas ; et, à part un bien petit nombre, la multitude des mortels recevrait, comme un bienfait, la continuation indéfinie de l'existence qu'elle mène sur la terre. Cependant, en définitive, si l'on vient à se demander pourquoi l'homme éprouve tant de répugnance contre la mort, on n'en découvre guère d'autre motif, sinon que l'homme aime à vivre, et que, mourir de la manière dont on en parle, c'est en réalité cesser de vivre. Car vivre, ce n'est pas seulement demeurer hors du néant, c'est agir, c'est s'instruire, c'est user de ses facultés et de ses vertus; c'est se sentir libre, c'est conserver, développer, multiplier ses attachements; c'est s'élever, si Dieu le veut, dans l'échelle des êtres, mais ne rien perdre ni de soi-même, ni de ses amitiés. Que la croyance de l'homme lui représente donc que la mort, loin de causer dans le courant de sa destinée aucun changement aussi essentiel, n'est, en somme, qu'un des accidents de la vie; qu'elle est tout simplement comparable à un rideau qui tombe par intervalles sur la route, rideau d'un grand effet sur nos yeux qu'il arrête, mais nul quant au fond même des choses qui continuent leur cours de la même manière au delà qu'en deçà ; qu'il comprenne, en un mot, qu'il ne s'agit que de changer de vêtement pour passer d'un appartement dans un autre; il est évident qu'à moins d'être effrayé par des remords, il ne lui sera pas possible de concevoir d'un événement de cette sorte le moindre effroi.

Si nous avons eu la vertu de ne nous lier qu'à des amis dignes de notre prédilection par l'harmonie de leurs penchants avec les nôtres, indissolublement unis par l'effet nécessaire de cette conformité spirituelle, nous ne courons aucun risque de nous voir détacher les uns des autres par une rupture éternelle.

Partant du même point, animés par les mêmes forces, visant au même but, il est impossible que nous ne nous retrouvions pas au delà de cette terre. Rien ne nous empêche donc d'ordonner nos existences de manière à voyager à jamais de compagnie, à travers les abîmes de l'univers, avec tous ceux que nous aimons. Amis, époux, parents, qui avez si profondément à cœur de ne point vous perdre dans la mort, resserrez-vous dans la même vie et les mêmes espérances, et vous vous rejoindrez là-haut comme vous vous étiez rejoints ici. Si vous êtes condamnés par la misère de votre destinée actuelle à ne mourir que les uns à la suite des autres, ne vous affligez pas ni vous qui partez, ni vous qui demeurez : en mourant les premiers, nous ne faisons que précéder, auprès de ceux qui nous ont devancés, ceux que nous laissons derrière nous, et nous marchons vers les jours désirés où nous serons devenus dignes de vivre inséparablement dans la pleine lumière de l'immortalité, nous et tous ceux dont nous aurons fait choix pour cette sainte et impérissable parenté.

(*Terre et Ciel.*)

IMMORTALITÉ

IMMORTALITÉ

A la lumière de celui qui est la voie, on progresse toujours, comme à la lumière de celui qui est la vie, on vit toujours.

(*Terre et Ciel.*)

Mon sentiment est de réunir le principe du progrès à l'Infini avec celui de l'Immortalité.

La vie future, au lieu d'être une vie de contemplation et de repos, est une vie d'action et de perfectionnement.

Il s'agit d'un mouvement nouveau de la psychologie. Il faut l'étudier non plus dans l'homme fixé sur la terre, mais sur l'homme en mouvement dans l'univers.

Ce que dit saint Paul du corps de péché : c'est

le règne de l'animalité, c'est le reste d'instinct dont nous devons nous dépouiller dans notre zone intermédiaire pour nous élever au ciel.

L'idée que l'homme se fait de la vie présente dépend essentiellement de l'idée qu'il se fait des deux termes entre lesquels elle repose.

L'homme est l'instrument de sa propre fin. Il porte en lui-même toutes les forces nécessaires à sa perfection, il ne lui reste qu'à la développer, *gratia Dei*, c'est là sa destinée.

Le système du monde a pour fondement l'Immortalité de l'âme, et non pas, comme l'entendent les géomètres, la gravitation de la matière. Les soleils ne sont que les instruments donnés à l'âme pour l'accomplissement de sa destinée et se subordonnent à ses convenances.

Dès ce monde, l'homme manifeste en lui tous les principes qui, en se développant, présideront au cours de son immortalité.

Les conditions psychologiques qui forment le fond de notre nature et nous distinguent ici-bas les uns des autres, subsistent dans le ciel pour y distinguer aussi ses immortels habitants.

La liberté, dont Dieu, dans les mystères de son indépendance, donne lui-même l'exemple, est la condition première du développement de l'homme; sans elle, il n'arrive à rien, parce qu'il n'est rien. Or il est manifeste qu'il n'y a pas à chercher un but supérieur à ce développement. Car, de tout ce que nous voyons ici-bas, l'homme seul est en possession d'une destinée qui s'étend au delà des bornes de la terre. L'homme est fait pour nager à l'infini dans l'univers, et c'est d'ici qu'il prend son essor.

Voici une esquisse de cette vie supérieure et inamissible : contempler Dieu, c'est-à-dire la vérité, la bonté, la beauté, sous leurs formes idéales et leurs harmonies, et convertir incessamment en œuvres passionnées les résultats de cette contemplation sublime; telle est, en abrégé, la vie céleste telle que nous sommes amenés aujourd'hui à la comprendre. C'est seulement par elle que le cœur, l'intelligence et le caractère trouvent à la fois leurs satisfactions légitimes, et que s'accomplit dans sa diversité sans bornes et son progrès éternel, la béatitude.

Qu'est-ce que la béatitude?

Sentir en soi l'influence de Dieu et coopérer à son œuvre en aidant ses créatures à monter vers lui.

Un paradis s'accroissant toujours en bonheur et en lumière, selon les mérites et les vertus croissantes de l'âme; un enfer s'amoindrissant selon les regrets, les conversions et les retours de l'âme vers son créateur.

Aucune fatalité : la direction de notre vie future est dès à présent entre nos mains; car ce n'est, en définitive, que le prolongement sublime de notre vie d'aujourd'hui.

Les vies successives sont le résultat de notre ascension à travers les mondes.

Notre âme, passant d'un séjour à un autre, changeant de corps à chaque fois, et indéfiniment variable dans les apparences sous lesquelles elle se témoigne, poursuit le cours diversifié de son immortalité.

Je vois l'espace comme une verte prairie et les âmes comme des abeilles, voltigeant de monde en monde, comme de fleur en fleur. Il ne faut s'attacher à aucun, mais s'y tenir à demi posé, avec discrétion, comme l'abeille qui effleure à peine le rosier où elle passe sa vie. Nous flottons à quelque distance de la surface, puis nous nous enfuyons et nous arrêtons ailleurs : voilà la mort dont on nous fait tant d'effroi.

Il y a deux termes où il y a progrès : le tourbillon et l'harmonie du milieu.

Si nous sommes réellement l'image de Dieu, quelque confuse que puisse être cette image, développez-en successivement tous les traits, et devenant de plus en plus correcte, sans cesser de n'être toujours que l'image, elle se rapprochera de plus en plus de la divine excellence de son adorable modèle.

A l'importante question : Pourquoi Dieu nous a-t-il mis au monde? il ne faut pas simplement répondre : Pour le connaître, l'aimer, le servir, mais il faut donner à la formule son complément légitime, en ajoutant expressément : « Pour nous perfectionner par là même. »

Dans l'humanité, l'âme résiste ou consent à la grâce ; dans l'angélité, elle y consent toujours.

Les élus cessent de pécher non parce que la liberté est contrainte, mais parce que l'illumination de l'esprit donne une certitude au jugement qui ne lui permet plus de faillir comme ici-bas. L'idée du mal n'est plus une tentation, mais inspire un sentiment d'horreur.

Nous éprouvons cela déjà ici-bas, à l'égard de beaucoup de mauvaises actions. Suivant l'état moral de l'individu, ou il n'est pas tenté du tout, ou il est tenté et se sent capable de résister ; ou il est tenté et se sent exposé à faillir.

Développer la lutte contre les instincts, bons et utiles chez l'animal, principes de tous les vices chez l'homme.

Qu'a-t-on pris pour le diable?

Les instincts de l'animalité déposés dans le principe de l'homme.

La Genèse a fait avec raison, d'un animal, l'inspirateur du mal dans le genre humain.

Le méchant n'est pas intelligent. Impossibilité du Satan du moyen âge.

Rien n'eût été plus simple, dans le plan de la création, qu'une résidence continue. C'est ainsi qu'on a vu longtemps la terre. Elle était l'unique résidence des créatures dans l'épreuve. Mais aujourd'hui, les créatures dans l'épreuve ont, non pas une résidence unique, mais des multitudes de résidences séparées par des abîmes infranchissables aux corps. On ne peut concevoir le passage d'une âme, de l'un à l'autre, que par la mort. N'est-on pas conduit à inférer qu'on passe effectivement par la mort de l'un à l'autre?

L'âme possède l'infini de l'espace comme elle possède l'infini du temps. Elle le possède successivement, Dieu seul les possède tous deux absolument, instantanément, actuellement.

Je prends avantage avec l'idée de l'infinité de l'univers. L'Univers étant infini, l'auteur l'est nécessairement et à un degré supérieur, tandis que de notre monde fini, la logique ne nous permettra jamais de déterminer qu'un Dieu fini également, c'est-à-dire, au fond, rien du tout.

Nécessité générale des corps : on s'en fait une fausse idée en généralisant, non la perfection mais l'imperfection de celui de la terre.

C'est toujours le côté parfait qu'il faut généraliser, car c'est le seul qui se prête à une série infinie qui se tourne vers la fin non déterminée, et non vers le commencement déterminé.

Le corps humain n'a pas été formé par Dieu avant l'âme. Il a créé l'âme en lui donnant faculté de se faire un corps en agissant sur la matière.

(*Notes.*)

La confiance en Dieu est la base, le terrain de certitude, puis la foi dans la continuité de la vie et dans les attachements indissolubles, même par la séparation momentanée de cohabitation, foi qui est le soulagement de nos âmes dans la pression trop grande et trop confuse de l'infini. Hélas! nous nous habituons trop facilement à prendre pour l'état pratique de la vie ce qui en est, pour nos intelligences et pour nos cœurs, l'état normal, mais idéal ; votre privation est, au fond, l'établissement d'un lien plus vif peut-être que vous n'en aviez jamais eu avec le monde invisible, avec ce monde dont nous demeurons trop séparés dans notre existence ordinaire, et qui, dès lors, au lieu de nous paraître ce qu'il est : un des domaines naturels de notre vie, se change pour notre imagination en une sorte d'abîme. Songe-t-on bien que ce monde mystérieux n'est pas autre chose que ce qu'était l'Amérique avant la découverte de Colomb? C'est aussi le nouveau monde.

Dieu a voulu cette séparation momentanée pour nous faire contracter par le désir et l'espérance des liens plus forts que ceux qui nous semblaient si doux et si faciles dans la familiarité ordinaire de la vie. Cette vie, de quelque couleur que les événements nous la colorent, est si peu de chose, comme durée, relativement aux espaces qu'embrasse notre esprit quand il se porte non sur l'ensemble infini de notre destinée, mais sur quelque période assez longue pour que notre vie présente y figure comme un détail, elle est si peu de chose, que les événements qui n'ont pas plus de durée qu'elle ne sont guère faits pour nous confondre. Il suffit d'entrevoir la conclusion, pour n'avoir pas le droit de se désoler d'une manière absolue.

(Correspondance.)

Dieu sait que si nous nous élançons avec des aspirations si vives vers l'immortalité, c'est moins encore en vue de notre propre conservation qu'en vue de la conservation de ces affections si chères, le premier de tous nos biens, et sans lesquelles rien ne nous touche plus ni sur la terre ni dans le ciel.

Mettez l'homme dans le repos, sans divertissement, il verra combien il lui est impossible de vivre par lui-même. Il lui faut Dieu.

(Notes.)

Comme l'infinité du temps répond au développement infini de l'activité des individus, l'infinité de l'étendue répond à la diversité infinie de leurs conditions d'existence.

(Terre et Ciel.)

Le perfectionnement de l'individu, c'est au fond ce que voulaient nos pères, et ils avaient raison; mais ils ignoraient le vrai moyen de se satisfaire, et c'est dans le christianisme qu'il est contenu. Développer l'amour de Dieu dans le cœur des hommes, c'est amener sur la terre le règne de tout ce qui est vrai, de tout ce qui est bon, de tout ce qui est beau, car ce sont là les seules manifestations possibles de la nature divine, et ces mêmes manifestations, sous l'infinie variété de leurs formes, gouvernent la morale dans la totalité de l'univers.

D'une part, je vois dans une claire perspective le type sublime d'existence; de l'autre je sens qu'il est impossible d'assigner une limite aux progrès dont je porte en moi le principe.

(Esprit de la Gaule.)

ANGES

ANGES

Définition : Êtres supérieurs à l'homme. Anges existent-ils ? Oui : sommet de l'échelle. Une société formée des meilleurs êtres qu'il y ait ici-bas se rapproche d'une société angélique. Si l'homme se perfectionne dans cette vie, il jouit, dans une autre, du fruit de son perfectionnement, il y représente le premier degré des anges.

Qualité des anges par le développement de la vertu plastique de l'âme. Être maître de son corps, le réparer, l'empêcher de mourir, le développer même, conformément aux progrès de l'âme.

Quadruple progrès dans l'intelligence : connaissance acquise, force de logique, principes innés, génie ou force d'invention. Traits lumineux d'évidence sur la nature de l'infini, tels que les rapports de la grâce et de la liberté; l'accord de la sensibilité et de l'immuabilité en Dieu ; et tant d'autres !

Il n'est pas possible de concevoir des êtres purement spirituels, parce qu'il n'est pas possible de concevoir une créature réelle en dehors des conditions de l'étendue.

(*Notes.*)

Pour former le complément de toutes les sublimités que nous pouvons, dès à présent, entrevoir dans l'ordre des existences du ciel, figurons-nous les trésors d'une mémoire enrichie par les souvenirs d'une longue suite d'existences toutes différentes l'une de l'autre et toutes enchaînées cependant l'une à l'autre ; à cette merveilleuse guirlande de destinées, ajoutons la contemplation des conséquences produites par nos actions dans chacun des mondes que nous aurons successivement traversés ; entourés d'amis, reconnaissons en eux les compagnons éprouvés de tant de vicissitudes antérieures ; fortifions, en un mot, dans toutes les directions, les élans de notre vie à travers les régions profondes du passé, et, dominant l'immensité de l'espace et de la durée, marions dignement notre propre histoire à l'histoire générale des mondes. En nous appliquant à réunir en imagination tout ce qui s'offre à nous sous les traits de la grandeur morale, loin d'être en danger de dépasser la mesure, ne sommes-nous pas certains, au contraire, de demeurer bien au-dessous de ce que réserve l'avenir aux âmes bienheureuses ? Et même, glorifier ainsi notre immortalité par le reflet de tous les attributs de la divinité, y compris la parfaite conscience d'elle-même, n'est-ce pas en définitive glorifier Dieu lui-même qui, dès notre origine, nous a prédestinés à reproduire l'image de sa céleste vie ? Ministres de Dieu sur la terre, à la vue des divines empreintes qui se révèlent de toutes parts dans la substance de notre être, rappelons-nous donc sans cesse, avec un légitime orgueil, que les plus sublimes habitants des zones les plus sublimes du ciel ne sont que nos frères aînés...

Je formulerai plus explicitement encore ma conclusion en disant que les conditions fondamentales de l'existence terrestre, l'ordre physique du globe, l'activité de l'âme, l'organisation du corps, la naissance, la mort, les amitiés, se rapportent toutes à un idéal céleste, dont les hommes, aussi bien que leurs égaux et leurs supérieurs des autres quartiers de l'univers, se rapprochent continuellement, d'incarnation en incarnation, en même temps que le genre humain par sa conspiration continuelle, s'en rapproche lui-même sur la terre d'âge en âge.

Professez avec nous l'universalité de la loi du progrès. Toutes les créatures qui vivent dans la lumière et dans la liberté, les supérieures, non moins que les inférieures, lui sont également soumises, et c'est même dans le ciel, bien plus encore que sur la terre, qu'elle a son règne. La plus grande différence qu'il y ait entre les bienheureux et nous consiste en ce qu'ils obéissent absolument à cette loi, tandis que nous ne la suivons encore qu'en chancelant. Comme nous, ils seraient parfaitement libres de s'en écarter, s'il leur plaisait ; mais ils sont animés d'une telle horreur du mal que leur volonté ne sait plus admettre que le bien et que la tentation est par conséquent sans aucune prise sur eux.

Leur vie a beau s'épancher continuellement en toutes sortes de pensées, de passions et de mouvement, ils demeurent toujours dans la plénitude de la vertu, comme dans celle de l'intelligence.

Au lieu d'être confuses, hésitantes, souvent rétrogrades, comme les nôtres, leurs démarches sont toujours droites et en avant. Entraînés par la grâce qui, d'accord avec leurs propres tendances, rayonne en eux souverainement, ils n'aiment que ce qu'aime Dieu, et ne connaissent désormais d'autre destinée que de toujours monter sans jamais choir. Moralement parlant, c'est cette assomption infinie qui est le ciel.

De même que l'on ne peut retenir les êtres supérieurs en dehors des conditions du progrès dès là qu'on leur accorde le raisonnement, on ne le peut non plus dès là qu'on leur accorde l'actualité de la vertu; en aimant et opérant le bien, ils méritent, et, en méritant, ils s'élèvent. Osez dire que, chez les anges, l'amour de Dieu est purement passif et ne détermine aucun acte, et vous serez alors en droit de professer que, chez eux, règne la loi de l'invariabilité.

(*Terre et Ciel.*)

RELIGION

RELIGION

Religion : rapport de l'homme à Dieu, principal progrès auquel il faudrait sacrifier, s'il le fallait, tous les autres. — Société intime avec Dieu.

HOMME PIEUX :	HOMME SAUVAGE :
ANGE	ANIMAL

Il faut reconnaître sinon deux religions, ce qui serait aussi injurieux pour Dieu que pour le genre humain, du moins deux modes de religion : le mode auquel on adhère principalement par la raison, le mode auquel on adhère principalement par la foi. Mais, au lieu d'être essentiellement divers, ces deux modes, selon la vraie philosophie, doivent être, au contraire, essentiellement unis.

La religion naturelle, c'est assez facile à établir : généralités qui sont le fondement de la religion. Mais il ne suffit pas de savoir tels ou tels points, il faut y prendre appui, quotidiennement, pour aimer Dieu et se perfectionner. De là, nécessité de la religion pratique. La religion naturelle, abandonnée à elle-même, tombe dans l'inertie. Ce sont de ces choses de cabinet que l'on possède, mais dont on ne se sert pas.

Il n'y a pas de vraie charité sans tolérance, pas de tolérance sans l'idée que nous n'atteignons pas l'absolu en religion, mais seulement des échelons qui y mènent.

La science et l'histoire sont venues contredire le système religieux du moyen âge dans la forme. — Il faut que la religion s'élève assez haut pour accepter les déterminations de l'histoire et de la science et les envelopper. Il faut qu'elle introduise le point de vue mystique dans leurs déterminations trop sèches, trop positives, trop tronquées dans l'infini.

Le rapport entre Dieu et le penseur est abstrait, il ne devient cordial qu'entre Dieu et le croyant qui est aussi l'aimant.

La vérité n'aime pas : considérée abstraitement, c'est le Dieu des athées. Ce n'est pas à un être de raison que j'aspire, ce n'est pas à une abstraction ; c'est à un être vivant, à celui qui a pour première réalité la connaissance de soi-même, la volonté, la liberté.

Ce qu'il y a de remarquable dans le grand mouvement du seizième siècle, c'est qu'il se soit opéré en dehors du clergé. Des membres du clergé ont pu s'y trouver accidentellement compris, mais ce mouvement n'en a pas moins été en lui-même essentiellement laïque. Ainsi, le clergé qui, au moyen âge, représente la caste lettrée et savante, n'a plus été dès lors que la caste théologique et plutôt encore la caste théurgique, par l'effet de la décadence de la théologie. C'est le principe de sa décadence complète.

En effet, cela a été, de sa part, une immense erreur de penser que la théologie pouvait subsister indépendamment de la science et des lettres, et que leur développement ne pouvait l'affecter que secondairement. La science, par toutes ses parties, touche à la cosmogonie, et les lettres, par le progrès de la critique historique qui en est inséparable, atteignent les fondements que la religion possède dans la tradition et les Écritures, et tendent, par un effet invincible, à construire, dans un esprit de réalité, une histoire universelle, tandis que la science tend à un historique du monde dans le même esprit. Les bases sur lesquelles repose le dogme se trouvent donc minées par ce travail souterrain, et ceux qui veillent à sa conservation s'apercevront bientôt que s'ils ne veulent sa ruine totale, il faudra y opérer volontairement les démolitions et les réparations devenues nécessaires, dans toutes les parties où il a perdu son aplomb.

(*Notes.*)

De l'école systématique de Descartes, par suite de ce que la théologie s'y était trop peu éclaircie, sont sorties deux fausses routes : l'une qui aboutit au déisme, c'est-à-dire à la théorie de la béatitude de l'homme, indépendamment de son union avec Dieu; l'autre, au panthéisme, c'est-à-dire à l'engloutissement de l'individu dans l'absolu. — Si c'est la méthode que l'on considère, toutes deux appartiennent également à Descartes; si c'est l'esprit, toutes deux lui sont contraires, car toutes deux s'éloignent de sa croyance.

(V. article *Encyclopédie.*)

Les Pères grecs, si supérieurs aux latins, garderont, quoi qu'il arrive, l'éternel honneur d'avoir fait surgir du sein des légendes évangéliques les principes philosophiques de la théologie, et, s'il faut le dire, de la religion. L'autorité des Pères primera de plus en plus celle des Docteurs, et le monde incorporel, momentanément exalté par la mode, ne sera pour nos neveux qu'un chapitre suranné de l'histoire des abérrations de l'esprit scolaire.

Les dieux des Grecs sont des hommes à la plus haute puissance, mais ils ne sont pas proposés pour modèles.

(*Notes.*)

PRIÈRE

La vraie prière commence dans le désespoir pour finir dans l'ineffable bonheur de l'union. Elle ne vise à aucun but particulier, mais au repos de l'âme en Dieu, loin des agitations de la vie.

La charité est une vertu de l'homme à Dieu, une vertu, et la première de toutes les vertus, car toutes les autres se dirigent vers elle.

(Notes.)

MIRACLES

La science historique est aujourd'hui trop bien établie et trop bien répandue pour que les faits ou les personnages miraculeux surnaturels puissent être placés dans le passé de la terre, pas plus que les merveilles surnaturelles dans le domaine de la géographie. Les mystères de la vie et des grandes existences qui nous dominent ne doivent plus se laisser pressentir que dans les profondeurs du ciel.

Opposer le système du monde continu au système discontinu, qui est proprement le système miraculeux, où l'ordre est dérangé, à chaque instant, par des explosions.

Les miracles s'enchaînent : une fois l'un admis, on tombe dans l'histoire miraculeuse de la nature. Au lieu du soleil et des étoiles : des feux d'artifice. — Dieu thaumaturge, nature fantasmagorique.

Avant de prouver la possibilité pratique du miracle, il faudrait prouver sa possibilité théorique. On peut bien imaginer le miracle, mais imaginer n'est pas se rendre compte.

Les peuples enfants croient volontiers à leur imagination, surtout dans des temps où la nature entière semble miraculeuse ; où un tonnerre sur le Sinaï prend la proportion d'un fait merveilleux.

La nature non étudiée, non regardée comme constante, puis, une fois le ton donné de la croyance aux miracles, il se perpétue dans le peuple jusqu'au temps de Jésus-Christ et tout le moyen âge.

La méthode de l'Église a été de faire proclamer ses dogmes comme autant d'événements physiques : les faits matériels démontrés par l'observation et le témoignage, comme tous les autres faits naturels. Méthode grossière et brutale, mais faite pour frapper et entraîner les esprits non cultivés.

La raison, soumise, jusqu'à ce que la méthode scientifique, introduite par les recherches naturelles et historiques, se soit portée à la critique des miracles.

Reste à introduire une méthode fondée sur les vrais miracles : ceux de l'histoire, le miracle vu à posteriori. Les seuls nécessaires aujourd'hui que l'âme humaine a le principal en matière de religion.

Saint Augustin obligé d'admettre les miracles païens ; dès lors comment distinguer les miracles de Dieu de ceux du démon ?

Par la valeur des doctrines qu'ils recommandent. — Donc, miracles inutiles.

Miracles des prêtres devant Pharaon aussi réels que ceux de Moïse.

Comment Pharaon se détermine-t-il ?

Quel a été le but des miracles ? D'entraîner la foi, ou ils n'ont pas de but. Or ils n'entraînent pas la foi chez tous les hommes, et, si on voulait en concevoir qui entraînassent la foi, ce serait facile.

Donc, Dieu ne les a pas faits, car, s'il eût voulu entraîner la foi par eux, il les eût faits autrement.

Vrai miracle, quand je vois des hommes qui ne savent ce qu'ils font, et qui font ce que Dieu a combiné et prédestiné à leur insu ; qui ne se connaissent ni ne s'entendent, et qui combinent leurs actions d'après un concert particulier et en vue d'un but que Dieu voit pour eux!... L'histoire en est pleine.

Il faut trouver le surnaturel dans le naturel, c'est-à-dire dans les points de vue transcendants et mystiques de l'histoire et de la nature.

Perspective embrassant l'infini de l'homme, dans toutes les directions, au lieu des horizons bornés de la science et de l'histoire

Le *surnaturel :* les choses appartenant à la nature, mais que nous ne comprenons pas comme lui appartenant.

Le *naturel*, en prenant toute son étendue, embrasse une partie de ce que vous nommez le surnaturel : attribution des peines et récompenses ; autre monde ; gouvernement de ce monde par la Providence.

Le surnaturel n'est que pour ce qui touche à Dieu ; la créature suffit pour la créature.

La religion des miracles disparaît devant la religion de la nature, mais en voyant Dieu derrière.

PURGATOIRE

PURGATOIRE

Plus s'affaiblit la croyance à l'enfer, plus doit grandir celle du purgatoire.

C'est un des plus grands avantages de l'Église catholique sur les Églises protestantes que d'avoir maintenu contre elles ce dogme salutaire. Il répond aux aspirations les plus généreuses et les plus élevées de la pensée humaine, et la théodicée y trouve son expression la plus générale et la plus vraie.

Le concile de Trente a prévu toute sa richesse.

Sa réserve, favorable, en ce qu'elle n'engage pas, mais ses défenses à la curiosité, inutiles.

Les protestants, après avoir refusé le purgatoire, en sont venus à accepter *un lieu d'expiation*, un état *intermédiaire*, des *stations*.

Prenons le purgatoire pour la loi commune; prolongeons l'épreuve jusqu'à ce que l'âme soit digne de l'union avec Dieu; nous avons une carrière illimitée. Faisons varier les épreuves et les lieux d'épreuve en communauté avec le degré de perfection des âmes, et nous avons les mondes variés du firmament. Par le purgatoire, nous revenons au vrai système de l'univers.

Y a-t-il expiation sans pénitence? Non: la souffrance ne suffit pas; mais, s'il y a pénitence au purgatoire, il y a toutes les vertus: il y a foi, espérance, charité.

Argument en faveur du développement outre-tombe: Que, sans cela, on arrive par la logique, aux limbes des enfants: monde d'idiots, absurde.

De plus, on mérite, au ciel. Les anges ont mérité, donc les justes méritent en purgatoire.

(*Notes.*)

ENFER

ENFER

Toute volonté des damnés n'est pas nécessairement mauvaise. Une âme peut être vertueuse sous certains rapports, condamnée sous d'autres. Tout en étant condamnée, le bien qu'il y avait en elle y reste donc. Dieu ne peut pas rendre, par son jugement, une âme pire qu'elle n'était.

Il n'est pas possible de haïr Dieu à moins d'être fou.

On peut s'imaginer haïr, mais alors ce n'est pas Dieu que l'on hait, mais la fausse idée que l'on s'en fait.

Dès que l'on en conçoit une juste idée, on ne peut manquer de l'aimer : donc, si les damnés en conçoivent une juste idée, ils l'aimeront et se relèveront.

(*Notes.*)

... Si, pour se montrer fils de Dieu, il faut aimer ses ennemis et leur faire du bien, Dieu n'exècre donc pas les siens, et il ne se satisferait pas s'il se bornait à leur faire du mal ; donc, même en les punissant aussi sévèrement que le veut sa justice, il leur est aussi bienfaisant que le demande sa charité.

(*Terre et Ciel.*)

... C'est du sentiment de la miséricorde infinie qu'il faut vous inspirer, si vous voulez juger, conformément à l'Évangile, de la conduite de Dieu à l'égard de ses enfants. Puisez donc à pleines mains, dans les recueils de la nouvelle loi, les textes qui nous y révèlent le Dieu d'amour et de bonté; faites-en votre règle, et vous verrez votre dogme de l'Enfer se transformer, non pas en dépit, mais en vertu même de votre véritable tradition.

(*Terre et Ciel.*)

Si Dieu déteste le mal, non seulement il le châtie aussi absolument qu'il le déteste, mais il tend à le détruire à mesure qu'il se produit.

Donc l'idée de Dieu et l'idée de l'Enfer, tel que se l'est imaginé le moyen âge, sont deux idées contradictoires. Il répugne à Dieu que le mal s'éternise. Ni sa puissance, ni sa sagesse, ni sa bonté ne se prêtent à ce que le mal soit admis à constituer dans l'univers, à l'opposé de l'empire du Ciel, un empire fixe et absolu. Le mal peut naître, puisqu'en appelant les créatures à concourir elles-mêmes, dès leurs premiers pas, à l'œuvre de leur développement, la Providence les expose naturellement à la chance de s'égarer; mais rien de ce qui peut servir à les ramener, sans porter atteinte aux lois fondamentales du progrès et de la liberté, n'est omis. Il y a dans la constitution même de l'univers toutes les forces réparatrices nécessaires, et, sans quoi, il aurait donc pu arriver que toutes les créatures, mésusant de leur indépendance pour se précipiter dans le mal, la création tout entière, échappant à sa prédestination, se fût irrémédiablement perdue sous les yeux de son auteur! Tel est le but des peines, si bien caractérisé sous le nom de corrections, et qui partout s'attachent au mal. Ces peines, en se prolongeant et s'accroissant autant qu'il le faut, finissent, en effet, par dégoûter le coupable, en lui montrant, par les plus frappantes leçons, que la jouissance cherchée en dehors du bien n'est qu'un leurre, puisque ses suites inévitables sont la souffrance; et, grâce à leur action salutaire, l'équilibre tend à se rétablir à mesure qu'il se détruit. Ainsi, la miséricorde de Dieu, qui est éternellement inséparable de sa justice, doit être bénie dans le châtiment, tout aussi bien que dans la récompense; car, quelle que soit la rigueur avec laquelle Dieu sévit, tout châtiment de sa part est un bienfait.

. . . .

De même qu'en se comportant à l'égard de Dieu, d'autrui et de soi-même, dans le sens voulu par les lois du perfectionnement de l'univers, l'âme augmente sa ressemblance avec son divin modèle, de même, en se comportant à l'inverse, elle l'altère, et cette altération n'étant au fond que l'effet d'un écart de volonté, ce n'est aussi que par le redressement et l'application de la volonté qu'elle peut trouver sa fin.

En résumé, l'éternité des peines n'est qu'une stricte conséquence de la liberté des créatures. Je ne le nie point, elle est possible, et certes voilà un terrifiant rayon sur les extrémités auxquelles pourrait conduire l'habitude du vice. J'en éprouve tant d'effroi, que mon âme se rejette d'instinct vers la miséricorde suprême, et, lui faisant appel, j'ose espérer que les coupables, parvenus à un certain degré de corruption, éprouvent, par là même, ainsi que par l'effet croissant de leurs souffrances, un tel dégoût de leur mode d'existence qu'ils s'écrient, comme dans le livre de la Sagesse : « Nous nous sommes lassés dans la voie de l'iniquité, » et qu'ils demandent à Dieu ou d'être anéantis ou de changer.

Et finalement, quel est le lieu des peines?

Toutes les régions de l'univers d'une condition analogue à la terre ou pire encore. De même qu'en développant les principes de lumière, de vertu et de béatitude, qui existent dans ce monde, notre imagination s'élève à l'idéal du ciel, de même par les principes d'aveuglement, de méchanceté et de souffrance qui se découvrent autour de nous, peut-elle arriver à des profondeurs assez affreuses pour mériter le nom d'enfer : Assemblage de monstres de toute espèce, nature hostile, corps maladifs et hideux, crimes, blasphèmes, tourments, désespoirs, toute misère est admissible, pourvu que la mort n'y manque pas : car c'est elle qui sauve tout, en ouvrant, au temps voulu, la porte qui, des quartiers les plus désolés du labyrinthe pénitentiaire, conduit les convertis à des quartiers meilleurs.

Tels sont, à mon sens, les traits les plus essentiels du système régulateur de la grande société de l'univers. Conçue dans ces termes, la loi est juste, répressive, terrible; et, contrairement à la croyance du moyen âge, elle a le mérite de n'offenser ni le principe sacré de la miséricorde infinie, ni celui de l'immortalité naturelle de toutes les facultés essentielles de l'âme, ni celui de la prépondérance nécessaire du bien, fils du Créateur, sur le mal, fils de la créature.

Voilà comment l'enfer, au lieu d'introduire dans l'ordre de la création son injustifiable dualité, rentre au contraire, par suite de l'amortissement continuel du mal, qui en est la suite, dans cette divine unité.

(*Terre et Ciel.*)

SOCIÉTÉ

SOCIÉTÉ

Il est chimérique de chercher dans la politique le lien essentiel des hommes entre eux. Ils ne peuvent être liés que par Dieu. La formule révolutionnaire implique un appel à Dieu. Si l'on remonte à Dieu, on a l'explication des mots : liberté, égalité. Ils sont réglés et limités, l'un par l'existence de l'ordre dans la société, l'autre par les conditions de la préexistence. Ainsi, liberté : droit de faire tout ce qui ne nuit pas au développement de la société. Égalité : même droit au développement de l'individu et mêmes moyens, mais proportionnés aux divers degrés de développement. Dans le ciel, il n'y aura que l'ordre logique du bien.

De ce que la liberté est essentielle à la nature humaine, il faut conclure qu'elle doit appartenir également à tous les hommes. Ce n'est pas seulement l'individu qui est intéressé à cette égalité, c'est l'humanité elle-même. Chaque homme, quel qu'il soit, contient en lui quelque chose qui n'est qu'à lui et qui fait partie intégrante de l'humanité. Donc, pour que l'humanité se développe dans son entier, il faut que chacun de ses types particuliers puisse se développer et entrer dans le courant commun au même titre et avec les mêmes droits que tous les autres.

L'égalité n'est pas la parité; si tous ont même origine, même destinée, tous n'ont pas les mêmes facultés naturelles, mêmes forces, même intelligence, même vertu. A côté des hommes faits et capables, il y a les mineurs, les interdits, les indignes. Donc inégalités naturelles à côté d'égalité naturelle.

Le droit doit les reconnaître, mais non en créer de factices, comme la noblesse et l'esclavage.

L'École est l'image de l'État, au point de vue religieux.

Ce Dieu que nous invoquons en tête de notre Constitution (1848), nous l'invoquons en tête et comme principe de notre enseignement. Toutes les religions de la République y sont d'accord. Maintenant, la spécialisation du dogme appartient aux ministres de chaque culte; eux seuls ont qualité pour cela. Enseigner aux enfants l'organisation sociale de la France et sa conformité avec la raison, leur faire aimer leur pays en les y attachant librement, tout ceci mène à Dieu, par un autre chemin que la religion, mais confirme l'idée de Dieu, de la vie toujours en présence de lui. On se voit, comme homme, membre de la cité éternelle et infinie; comme citoyen, membre de ce milieu particulier et temporaire dans lequel nous sommes.

On connaît ses devoirs, comme homme, afin de les suivre; ses droits, comme citoyen, afin de connaître surtout ceux des autres et de les respecter.

Éducation populaire usuelle : abrégé complet, commun à tous les enfants, offert à tous par l'État. Il ne recherche pas si un citoyen peut payer ou ne peut pas payer ce service; c'est un service général. Il a des agents qui font régner l'instruction, comme d'autres font régner la sûreté, la viabilité ou la propriété. Il y a un impôt général pour les services généraux et non un impôt particulier pour chacun.

Un brevet de capacité serait délivré à la suite de cette instruction essentielle, comme à la suite des études développées du second degré. Ce brevet serait nécessaire pour exercer les fonctions de citoyen.

Des institutions professionnelles, telles que l'apprentissage régularisé, les fermes-écoles, etc., viendraient ensuite. Qu'aucun enfant ne soit lancé dans la société avec son brevet d'études sans y joindre un brevet de profession quelconque.

Idée pieuse du *patron*, très belle.

Double patronage dans l'industrie; le saint et l'industriel de génie, honorant tous deux la profession; l'un dans sa liaison avec Dieu, l'autre dans sa liaison à la puissance du genre humain. Celui-ci, l'homme illustre qui s'est distingué par son application à la profession même, comme Daubenton pour les bergers. L'autre, inspirateur des sentiments moraux. En menant la même vie que moi, peut-on lui dire, vous avez su l'ennoblir par votre conduite et vos sentiments et devenir un des grands types de la sainteté, et aujourd'hui vous vivez de la vie céleste. Ainsi, la modestie de votre position ne vous a pas nui, et nous nous réclamons de vous pour être honorés.

L'impérieuse nécessité du service domestique me paraît devoir être rangée précieusement parmi les moyens dont la civilisation fera un jour usage pour propager l'égalité et resserrer continuellement les uns contre les autres les degrés divers de la nature humaine. Qu'au lieu de se réduire comme à présent à une servitude bâtarde et sans idéal, la domesticité prenne pour but l'émancipation, cette émancipation profonde qui vient des gains de l'âme, et nous pourrons hardiment, en regard du pauvre et de l'avenir, donner le nom d'écoles de perfectionnement à ces riches maisons qui ne sont écoles, aujourd'hui, que d'avilissement et de déchéance.

La domesticité, pour être honorable, doit être passagère, car un état de minorité qui se prolonge au delà des bornes de la jeunesse est une injure pour l'âge mûr. Le serviteur doit vivre constamment avec la perspective du temps où, l'âge le faisant libre, il se verra, à son tour, citoyen et maître en sa maison ; la domesticité à vie, quoi que fasse le cœur, serait toujours inconciliable avec l'égalité.

L'art n'atteint pas sa dignité quand il se borne à charmer les hommes sans exciter en même temps leur enthousiasme pour tout ce qui fait la grandeur de la vie.

Si la vie n'est pas seulement une épreuve passive, mais est destinée à permettre à l'homme de s'élever, il s'ensuit que tout homme doit être mis dans les conditions nécessaires à son développement moral.

Donc, pas de condition passive dans la souffrance et la misère; la résignation pourrait suffire s'il s'agissait d'épreuve, mais il s'agit de s'élever.

Il faut s'instruire, se fortifier, développer le germe virtuel déposé en nous au moment de notre création; devenir de plus en plus capable de l'amour de Dieu et de sa création, et de faire des actions pour leur service.

Actions de politique, d'art, de science, de dévouement, de sacrifice personnel; c'est le sacrifice qui est le point pivotal.

(*Notes.*)

La meilleure cité étant évidemment celle où les hommes vivent le mieux, la cité dans laquelle le droit de famille est le mieux respecté est aussi la meilleure. L'idéal de la république est une réunion de familles heureuses.

Trouver sans cesse autour de soi, depuis l'heure de la naissance jusqu'à celle de la mort, un partage pour ses joies, un soulagement pour ses travaux, une consolation pour ses peines, un principe de liaison avec ses semblables, un moyen de redressement et d'acheminement vers Dieu, voilà toutes les grâces accessoires que l'homme peut désirer, et c'est dans l'institution de la famille qu'il les rencontre.

C'est dans l'intimité du cercle de la famille où sont réunies toutes les circonstances convenables à leur égard, que prennent essor toutes les vertus dispensées aux femmes. C'est là qu'elles remplissent, dans l'ombre, la part magnifique qui leur est attribuée dans la préparation des générations; c'est là qu'elles soutiennent et sanctifient leur époux, tout en se nourrissant de sa force; c'est là qu'elles trouvent Dieu devant elles sur le chemin de leurs œuvres, aussi bien que sur celui de leurs pensées, et c'est là enfin qu'elles méritent de régner, parce que c'est là qu'elles triomphent.

(Article *Famille.*)

Science. — Toutes les connaissances doivent se rapporter à la connaissance d'un seul principe :

Dieu.

Morale. — Toutes les actions et pensées à l'amour d'un seul objet :

Dieu.

Nécessité de relever le principe d'autorité, le chercher et le trouver, pour tout ce qui est *national*, dans le suffrage universel. Ne pas le trouver dans le reste; dès lors, la liberté des religions.

Dieu a voulu la liberté des aspirations et des méthodes.

(*Notes.*)

Un vide profond que les travaux du dix-huitième siècle n'avaient pas eu pour mission de combler, se fait sentir dans les vues de Condorcet.

L'humain y est dignement représenté, mais le divin y manque. On touche partout la terre, nulle part le ciel. Il semblerait que notre lot, dans l'immensité, fût la planète sur laquelle nous sommes, et que nos yeux n'eussent que faire à se détourner du sol que nous habitons, et qui nous alimente, pour se porter dans les hauts et incommensurables espaces.

Tandis que Pascal, placé en face de l'infini, ne voit pour ainsi dire que la misère de l'homme, Condorcet, placé constamment, au contraire, en face du fini, ne voit dans la création que la grandeur de l'homme.

(*Condorcet.*)

L'État démocratique est l'État le plus rationnel et dans lequel chacun retient le plus de part de sa liberté de nature, puisque personne ne s'y démet de son droit en faveur d'autrui, jusqu'à s'ôter la faculté de délibérer, et que l'on n'y est assujetti qu'à un souverain dont on fait soi-même partie; l'égalité de nature continue ainsi à régner entre tous les citoyens.

(*Notes.*)

ASSASSINAT. — SUICIDE

En Germanie est le principe de l'assassinat. Il n'y a qu'une somme à payer : pas de déshonneur, pas de remords, pas d'expiation morale.

Principe transporté en Gaule par les Barbares francs. Assassinats politiques, sans mesure : il suffit que l'intérêt y soit.

Sa réapparition de principe chez les Mahométans. Histoire de la dynastie des assassins occidentaux et orientaux; même fin : se dévorent eux-mêmes. Conclure contre les assassins politiques de Louis-Philippe, de Rossi, etc. Si les socialistes matérialistes entrent dans le mépris du droit humain, ils perdent même ce qu'il y a de juste dans les sentiments généreux d'amélioration terrestre dont ils s'inspirent.

(*Notes.*)

L'heure de la mort n'appartient qu'à *Celui* qui, dans les plans de son éternelle sagesse, règle par correspondance celle des naissances.

(*Esprit de la Gaule.*)

L'idée de Dieu ne doit s'appuyer que sur des images d'amour et de paix. A aucun titre le suicide n'est agréable à Dieu. Si nous devons, à l'exemple de nos pères, continuer à nous immoler devant Dieu, ce ne doit pas être en nous donnant la mort, mais, au contraire, en nous délivrant de tout ce qui nous empêche de mener ici-bas une bonne vie. Comme Dieu n'a eu en vue que notre bien, il ne saurait se plaire qu'aux dévouements qui nous profitent. Aussi, n'est-ce pas l'instinct qui nous attache à la vie qui doit être l'objet de nos sacrifices, puisque c'est précisément sur cette base que notre immortalité repose; mais sacrifions, sans ménagement, cet autre instinct qui nous attache à tant de superfluités qui nous préoccupent au détriment du but sacré de la vie, et faisons-lui de ces faux biens un holocauste digne de lui, non point en les brûlant sur des autels, mais en les partageant avec ceux que distrait, de ce but, l'indigence.

Sacrifions-lui, surtout, la cohue de ces instincts aveugles qui ne cessent de nous exciter à des actions et à des pensées plus en rapport avec la vie des êtres inférieurs qu'avec celle dont il a placé en nous l'idéal; mettons à néant devant lui notre égoïsme; arrachons impitoyablement de nos cœurs notre animalité, et soyons à cet égard, à toute heure de notre existence, hosties vivantes! Voilà les sacrifices *humains* que Dieu appelle, car c'est précisément en vue de telles immolations qu'il nous fait vivre, trouvant, on doit le croire, dans ces mystiques attentats où notre âme lui représente à la fois le sacrificateur et la victime, le plus beau culte que l'humanité puisse lui rendre.

(*Esprit de la Gaule*, Sacrifices humains.)

Paris. — Lib.-Imp. réunies, rue Mignon, 2. — 9393.

www.ingramcontent.com/pod-product-compliance
Ingram Content Group UK Ltd.
Pitfield, Milton Keynes, MK11 3LW, UK
UKHW031914260826
14628UKWH00003B/1184

9 782014 101119